Contents

Canon EOS 50D SUPER BOOK

感受即将到来的『弟弟』的心跳

将照片风格设置为『单色』，拍摄在小巷中遇到的一对母女。细节与色调的表现可匹敌中画幅胶片相机的黑白效果。

不过我还是要说，用胶片相机拍摄，再用钡地纸打印出来的黑白照片具有其他照片无法比拟的质感。

Canon EOS 50D／EF-S 18-200mm F3.5-5.6 IS／程序模式 EV+0.3 照片风格·单色

灯光在跳动，在舞蹈，
"美丽的高感光度"将生动的音乐厅场景
呈现在我们面前

结束下北泽的扫街后，夜间去音乐厅进行拍摄。热烈的摇滚音乐让我忘记了白天的疲惫，以一种轻松的心情投入到拍摄中。ISO1600下拍摄的画面几乎没有噪点，音乐的节奏感和空气感得到视觉化的呈现。
Canon EOS 50D / EF-S 18-200mm F3.5-5.6 IS / 程序模式 EV-0.3 ISO1600 白平衡:自动

当晚演出的乐队是"GHEEE"，这是我躺在地上，让他们围过来向下看时拍下的照片。照片传达出了一种友善的氛围。

用易于上手的EOS 50D拍摄人们率真的脸

　　这次我有了一个用EOS 50D进行扫街的机会，为期四天。前两天我去了下北泽，拍摄街头热闹的青春景象，画面生动，仿佛能听到画中人的欢笑声。拍摄时正好赶上节日，整个街道都沉浸在轻松欢乐的气氛中，这对我的拍摄起到了很大的帮助作用。无论是跟谁打招呼，他们都痛快地答应了我的拍摄请求，并在镜头前展现出最淳朴的、发自内心的笑容。

　　都说抓拍很难，可这次却能堂堂正正地站在拍摄对象前拍摄。通过这次经历，我深刻地感受到，其实只要将自己想要拍出好照片的强烈愿望传达给对方，答应配合的人还是很多的。

　　后两天我去拜访了下町的谷中、千驮木。这儿的街道静谧，具有浓厚的历史感，和下北泽形成了鲜明的对比。在这儿生活的人们仍然保持着过去的传统，通过和他们的接触，自己的心灵也得到了洗礼，变得通透纯净。

表现爵士音乐厅的热烈氛围和空气质感

拍摄当天不是什么节日，只是平日的"谷根千"。当我说要为他们拍照时，他们没有拒绝，自然地站在镜头前，向我展示着他们人生的一个侧面。

在这两个地方的拍摄经历非常愉悦，让我再难相信世界上还有坏人。镜头里的人各自为自己的生活努力着，看到他们淳朴的笑脸，我不禁暗下决心：今后要更加谦虚有礼，待人以善。

EOS 50D并不是很大，其大小和重量都很适中，女性用起来也没有问题。它的快门响应速度很快，几乎没有快门时滞，而且相机可以自动测光、曝光，几乎不需要修正。正因为这两个优点，拍摄者可以专注拍摄，不会因为器材使用不方便而分散注意力。

只要拍上一个小时，相机使用起来就完全得心应手了，就像自己的手脚一般。再配上变焦范围广的18-200mm标准变焦镜头，足可以对付日常的拍摄了。

从船上眺望
波涛汹涌的太平洋海面

野町和嘉——纪实

用快捷的 50D 拍摄下
"朝拜者"的姿态和表情

　　我的故乡在四国高知，从离开故乡至今已40年之久了，这次借用EOS 50D的拍摄机会重返故乡，这才惊异地发现这儿几乎一点没变。这儿没有大都市的繁华，但是这儿的景物和人们却宁静悠然，这让我不得不重新审视这个生我养我的故乡。

　　自古以来，日本的朝拜者们都默默地走在这片土地上。

　　我总觉得接受他们的这块土地上一定有着什么。朝拜者们背负着某种东西，行走、祈祷，走过一座又一座寺庙，一直往前走的脚步让他们心绪宁静。我用EOS 50D拍下了他们的身影。

　　EOS 50D不愧是最新机型，其连拍速度和自动对焦性能令我印象深刻。为拍摄朝拜者的身影，我乘坐小小的渔船，驶向波涛汹涌的大海，手中的相机成了我最坚实的依靠。

渔船的排气烟残留在波涛涌动的海面上

凌晨2点，我乘上出海的渔船去海上进行拍摄。台风的威力还没有完全退去，海面波涛翻滚。这是回程时拍下的一张照片。高中时，我拍摄了一张浮在海面上的"乌帽子岩"，那是我成为摄影师的契机。对我来说，这片海域是我拍摄之路的起点。

Canon EOS 50D / EF-S 10-22mm F3.5-4.5 USM / 快门优先 1/180秒 ISO320 白平衡:自动

用照片记录行走在四国的朝拜者的身影

做早课的女性（金刚福寺）

早上在金刚福寺中念经拜佛的女性，她是从远方来的朝拜团体中的一员。

Canon EOS 50D / EF-S 17-55mm F2.8 IS USM / 快门优先 1/30秒 EV-1 ISO800 白平衡:自动

行走四方，寻访寺庙，虔诚祈祷（岩本寺）

在岩本寺念经的中年男性朝拜者。屋顶上的各种个性图案营造出独特的氛围。
Canon EOS 50D / EF-S 10-22mm F3.5-4.5 USM / 快门优先 1/30秒 EV+0.5 ISO800 白平衡:自动

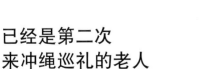

已经是第二次
来冲绳巡礼的老人

这位老人已经是第二次来冲绳巡礼了，我在足摺峡附近遇到他，他告诉我，冲绳没有巡礼路。
Canon EOS 50D / EF-S 18-200mm F3.5-5.6 IS / 快门优先 1/45秒 EV-0.5 ISO800 白平衡:自动

利用敏捷的连拍性能
拍摄的超高速摩托赛车

水谷takahito——赛车

用被称为迷你MarkⅢ的
高性能捕捉动态瞬间

此次用EOS 50D来拍摄在铃鹿（日本地名）赛车环形路线上进行的摩托车越野赛，给我的感受就是：既然EOS 50D的性能这么强大，就不需要1D系列的相机了。当然，专业摄影师工作时还是要用到MarkⅢ，但是一般人拍摄运动和赛车题材时，50D的性能就足够用了。

最让我感触良深的是其自动对焦动态追踪功能。虽说EOS 50D的AF系统和EOS 40D相同，但是它在拍摄高难度的摩托车比赛时的对焦精度还是令我非常吃惊。

EOS 50D的画质非常好，与其称之为中端机型，还不如称之为小型的MarkⅢ。希望大家也能尝试用50D的高速连拍性能和AF性能捕捉体育比赛中的动态瞬间。

逼近顶级机型1D Mark Ⅲ的强大自动对焦和连拍性能

用EOS 50D拍摄高速驶过弯道的摩托赛车。让摩托车占据整个画面，并用超长焦镜头动态追踪摇拍。即使是在这种高难度的拍摄条件下，EOS 50D的使用感觉也和1D Mark Ⅲ几乎相同。

Canon EOS 50D / EF 500mm F4L IS USM / F8 1/400秒 ISO100 白平衡:自动

捕捉鲜艳的色彩和精悍勇猛的姿态

斜射的光线让摩托车更显精悍，用EOS 50D的人工智能伺服自动对焦功能捕捉到的
画面色彩鲜艳。
Canon EOS 50D / EF 500mm F4L IS USM / F8 1/400秒 ISO100 白平衡:自动

Canon
EOS 50D
GALLERY

利用敏捷的连拍性能
拍摄的超高速摩托赛车

紧紧"咬"住加速的被摄体

用精确的人工智能伺服AF拍摄拐过弯道后迅速加速的赛车。
Canon EOS 50D / EF 500mm F4L IS USM / F9 1/400秒
ISO100 白平衡:自动

强劲的机身功能和高画质
将节日的跃动感和临场感表现得淋漓尽致

鹿野贵司——节日·抓拍

快门的使用感觉与EOS 40D相比有了显著的提高，和平时经常使用的EOS-1D Mark Ⅲ没有什么不同。因为是下雨天，要拿着伞进行拍摄，EOS 50D轻巧的机身在此时显示出了优势。
Canon EOS 50D / EF-S 18-200mm F3.5-5.6 IS / 快门优先 1/15秒 EV-1 ISO400 白平衡:4500k RAW

在实时显示下低角度拍摄，表现纵深感

液晶显示屏采用了新的防反射工艺，在明亮的户外也能看得很清楚，因此在实时显示模式下可迅速准确地构图。反差检测AF也非常好用。
Canon EOS 50D / EF-S 10-22mm F3.5-4.5 USM / F8 1/500秒 ISO200 白平衡:日光 RAW

在严酷的环境下也能轻松拍摄，而且拍摄效果好得出人意料

我将手中的EOS 50D对准了东京根津神社每年举办的例行大祭。拍摄的第一天是秋日特有的晴朗天气，第二天却是雨天，偶尔还有暴雨，在这两种极端的天气条件下，我更深刻地感受到了EOS 50D的实力。

将树干的质感表现得淋漓尽致

在溪流沿岸的森林中，一棵被藤蔓植物缠绕的树干呈现出奇异的形状。昏暗的森林中，绿色植物互相纠缠，这是漫长的岁月打造出来的大自然的造型。用超广角镜头描绘树干上的岁月痕迹。

Canon EOS 50D / EF-S 10-22mm F3.5-4.5 USM / 光圈优先 F16 EV-1.3 ISO100 白平衡:日光 使用三脚架 使用PL滤镜 RAW

『美丽的高感光度』为风景摄影开辟了一个全新的领域

在高感光度设定下，用高速快门锁定瀑布的瞬间表情

这是位于茨城县太子町的有名的"袋田瀑布"，拍摄时用高速快门锁定飞瀑四溅的壮丽景观。设定为高感光度，收紧光圈，清晰拍摄，这是胶片相机所无法做到的。

Canon EOS 50D / EF-S 17-85mm F4-5.6 IS USM / 光圈优先 F8（1/500秒）ISO800 白平衡:日光 使用三脚架

Chapter 1
EOS 50D
功能详解

文字／伊达淳一

1510万像素的CMOS传感器

搭载最高级别的高像素传感器，即使是大幅打印也没有问题

EOS 50D上搭载了1510万像素的CMOS传感器，这在APS-C画幅的数码单反中是最高的。即使将照片放大到A3+，打印精度也能高达240dpi。用广角镜头拍摄自然风景时，细部描写部分也能拍摄得非常清楚。

但是由于像素的提高，我们需要与之搭配的高素质镜头。因为在等倍像素下查看时，像素越高，镜头的像差及画面四周的画质劣化就越明显。虽然说在同等的打印尺寸

下，像素升级的优势不太明显，但是镜头的素质却遭到前所未有的考验，对镜头性能的要求也提升到了新的高度。

在这种时候能大显身手的就是DPP的镜头像差补偿功能，尽管它仅适用于一部分佳能原厂镜头。用RAW拍摄，再用DPP处理的话，只要一步就能轻松修正倍率色差、色彩模糊和失真等问题。比起用JPEG直接拍摄，RAW和DPP的组合使用能得到更好的画质。

（左页图）被当作稻草人使用的模特头部的发丝根根分明，非常清晰。背景的稻田有些许模糊，但是由于画面信息量太大，背景的模糊非常自然。
Canon EOS 50D / EF-S 10-22mm F3.5-4.5 USM / 光圈优先 F11 EV-0.7 ISO100白平衡:日光 照片风格:风光

（本页图）照片为六本木的东京中城大厦，因为蓝天下大厦的反射阳光令人印象深刻，所以收紧光圈拍摄。但是，即使收紧光圈，也不能消除倍率色差，所以使用JPEG+RAW格式的方式记录，并用DPP软件打开RAW文件，用镜头像差补偿功能修正了色彩偏差。画面中的轮廓描写爽洁利落。
Canon EOS 50D / EF-S 10-22mm F3.5-4.5 USM / 光圈优先 F11 ISO100 白平衡:自动 照片风格:标准

小熊猫非常怕热，在动物园里它们通常被安置在阴凉昏暗的地方。这幅照片是用400mm（相当于640mm）焦距拍摄的。
即使将感光度提高到ISO2500，在光圈为F5.6时，还能确保1/160秒的快门速度。此外，小熊猫的脸部周围较白，肚子上的
毛则是乌黑的，因此拍摄时对灰阶再现范围要求很严格，而50D精彩地克服了这个困难。
Canon EOS 50D / EF 100-400mm F4.5-5.6L IS USM / 光圈优先 F5.6 ISO1000 白平衡:日光 照片风格:标准

以往，用EOS系列数码单反拍摄的照片上浓绿色部分彩色噪点较明显，而50D抑制了彩色噪点的产生。另外，进行高感光度降噪时，动物的毛发和鸟儿的翅膀等细节部分容易丢失，而在50D上进行高感光度降噪后，细节部分依然保留完好。

Canon EOS 50D / EF 100-400mm F4.5-5.6L IS USM / 光圈优先 F5.6 ISO1000 白平衡:日光 照片风格:标准

新开发的图像处理引擎能降低高感光度噪点，实现完美画质

　　高像素和高感光度是一对相互抑制的要素。如果在不改变传感器尺寸的情况下增加像素，那么单个像素的尺寸就会变小，从而对感光度产生不利影响。

　　但是50D兼顾了这两个要素。它减小了将光线导入光电二极管的微透镜之间的间隙，提高受光率，从而将由像素增加带来的感光度劣化降低到最小程度。与此同时，新开发的图像处理引擎DIGIC4降低了高感光度下的噪点。常用感光度范围较广，为ISO100~3200。

　　进行高感光度降噪后，照片的粗糙感确实会得到改善，但噪点处理也会产生副作用，即照片中明暗对比度低的部分的细节容易丢失。在50D上进行"高ISO感光度降噪"后，虽然细节多少有些损失，但和其他厂家的相机相比，细节损失较少。再加上像素增加带来的超强细节表现力，使ISO1600都成为常用感光度了。50D的另一大优势是只要不把"高ISO感光度降噪"设置为"强"，连续拍摄的张数不会减少。

拍摄前判断要不要曝光补偿需要一定的经验和感觉。在实时显示功能设置中，将〝曝光模拟〞设定为〝启动〞，液晶显示屏中会反映曝光水平。所以只要一边看着液晶显示屏一边设置曝光补偿，谁都能简单地选择合适的曝光，非常之方便。

Canon EOS 50D / Sigma AF 30mm F1.4 EX DC HSM / 光圈优先 F1.4 EV+0.7 ISO320 白平衡:色温〔3100k〕

实时显示

Canon
EOS 50D

显著特长

　　所谓的"实时显示"，是指在液晶显示屏上显示要拍的画面。将显示屏当作取景器使用，这从前是卡片机必备的功能。以前数码单反相机的液晶显示屏只能用来显示拍摄的图片和菜单，不能进行实时显示。但在这一两年间，增加实时显示功能的数码单反相机越来越多。不过数码单反相机的实时显示功能尚在发展之中，自动对焦功能也是最近刚刚实现的，而且和卡片机相比，数码单反自动对焦的速度较慢。

　　虽说EOS 50D的实时显示也搭载了面部优先自动对焦功能，但遗憾的是，其自动对焦速度实在是不敢恭维。不过在实时显示时放大显示，再进行手动对焦倒是效果绝佳。

　　将大光圈的定焦镜头光圈全开拍摄时，凭借以前的相位差检测自动对焦和我的手动对焦技术，实难准确对焦。但如果使用实时显示功能，就可以不差分毫地准确对焦。另外，50D的实时显示画面非常清晰，焦点稍微有点偏移也能看得出来。对我来说，实时显示是不可或缺的功能之一。

在实时显示画面上确认大光圈镜头的焦点就能准确对焦

如果用F1.4~F2级别的大光圈镜头光圈全开拍摄，被摄体景深几乎为零。如果用以前的相位差检测AF便很难准确对焦，但是如果切换到实时显示，放大显示眼睛的部分，按下AF-ON按钮或者手动对焦，就有七八成把握能精确合焦。
Canon EOS 50D / Sigma AF 30mm F1.4 EX DC HSM / F1.4 1/25秒 ISO160 白平衡:色温（3200k）使用闪光灯 580EX+琥珀色滤光镜

采用新开发的传感器，实现最高级别的画质

追求高精细画质和快速响应的超级中端机型登场！

减轻红眼/自拍指示灯
在自拍装置启动及减轻红眼为"开"的闪光灯摄影时，指示灯发出橘红色光。

镜头安装标识
红色圆圈是安装全画幅兼用的EF镜头的标识，白色四角形是安装APS-C画幅专用的EF-S镜头的标识。

闪光灯按钮
在"基本摄影区域"，内置闪光灯会根据需要自动工作。在"创意摄影区域"，需手动启动闪光灯。

快门按钮

镜头释放按钮

感应器清洁单元
电源打开或关闭时，通过低通滤镜最前方的超声波震动，将表面附着的灰尘和脏物抖落，防止照片上产生黑影。

CMOS传感器
22.3×14.9mm1510万像素的CMOS传感器，像素间距缩短到4.7μm。微透镜的间隙接近零，从而确保了光电二极管的开口率。

接点
和镜头进行通信和电源供给的接点。如果镜头侧的接点被弄脏了，可能会发生通信错误，并使相机的操作停止，因此一定要保持其洁净。

光圈收缩按钮
按下这个按钮，光圈叶片就会收缩到设定的光圈值。在取景器中确认被摄体景深时会用到。

DIGIC4进一步完善，高感光度和高速连拍性能提高

EOS 50D是一款追求高画质、高感光度和连拍性能的中级数码单反，在APS-C画幅的感光元件上搭载了历史最高的1510万像素的CMOS传感器，实现了6.3张/秒的连拍速度。常用感光度又上了一个台阶，达到ISO100~3200。如果将自定义功能菜单中的ISO感光度扩展设定为"开"，甚至可以用ISO6400、ISO12800拍摄。

图像处理引擎升级至DIGIC4，图像处理速度大幅

只要不设定为"强"，连续拍摄的张数也不会减少，这是50D的一大特征。50D还支持UDMA规格，只要使用支持UDMA的CF卡，就能进行凌驾于EOS 40D之上的连续拍摄。

EOS 50D的外观设计及基本规格和EOS 40D基本相同，取景器和相位差检测AF也没有变化。液晶屏的像素数增加到了92万，放大显示时画面更加清晰。液晶显示屏经过3层防反射处理，即使在户外拍摄，显示屏的可

高精细液晶显示屏强有力地支持着实时显示拍摄

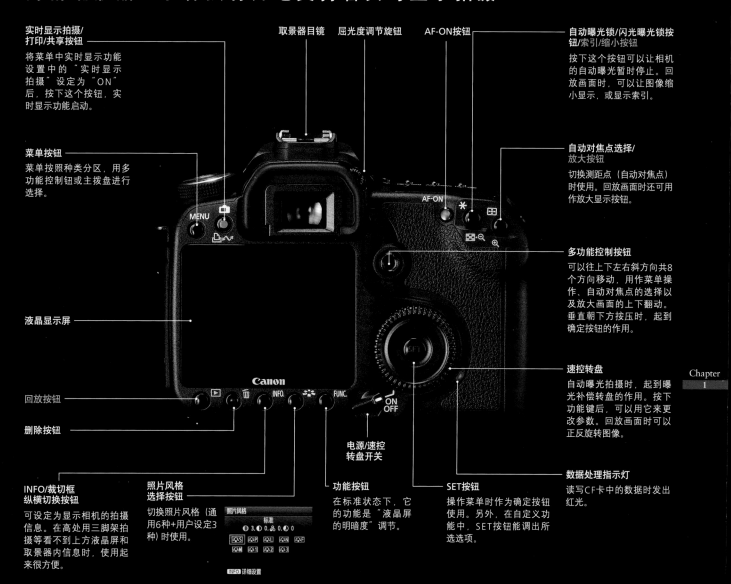

实时显示拍摄/打印/共享按钮

将菜单中实时显示功能设置中的"实时显示拍摄"设定为"ON"后,按下这个按钮,实时显示功能启动。

菜单按钮

菜单按照种类分区,用多功能控制钮或主拨盘进行选择。

取景器目镜

屈光度调节旋钮

AF-ON按钮

自动曝光锁/闪光曝光锁按钮/索引/缩小按钮

按下这个按钮可以让相机的自动曝光暂时停止。回放画面时,可以让图像缩小显示,或显示索引。

自动对焦点选择/放大按钮

切换测距点(自动对焦点)时使用。回放画面时还可用作放大显示按钮。

多功能控制按钮

可以往上下左右斜方向共8个方向移动,用作菜单操作、自动对焦点的选择以及放大画面的上下翻动。垂直朝下方按压时,起到确定按钮的作用。

液晶显示屏

回放按钮

删除按钮

速控转盘

自动曝光拍摄时,起到曝光补偿转盘的作用。按下功能键后,可以用它来更改参数。回放画面时可以正反旋转图像。

数据处理指示灯

读写CF卡中的数据时发出红光。

INFO/裁切框纵横切换按钮

可设定为显示相机的拍摄信息。在高处用三脚架拍摄等看不到上方液晶屏和取景器内信息时,使用起来很方便。

照片风格选择按钮

切换照片风格(通用6种+用户设定3种)时使用。

电源/速控转盘开关

功能按钮

在标准状态下,它的功能是"液晶屏的明暗度"调节。

SET按钮

操作菜单时作为确定按钮使用。另外,在自定义功能中,SET按钮能调出所选选项。

照片风格
标准
③ 3.① 0.② 0.⓪ 0
[DS5] [DP] [DL] [DN] [DF] [DM]
[DU1] [DU2] [DU3]
INFO 详细设置

*蓝色文字部分主要是回放画面时使用的功能。

凌驾于EOS 40D之上,简单拍摄功能充实

实时显示自动对焦功能大为改善。40D只有一个"快速模式",要进行相位差检测AF时,需中断实时显示。而50D在45OD的"实时模式"之上又增加了一个"实时面部优先模式"。实时显示的启动按钮从SET按钮变更为打印/共享按钮,在实时显示的同时,可以进行各种菜单操作和参数的变更。另外,50D继承了实时显示时反光镜不工作的特点,并得到进一步改良。

此外,50D还拥有根据拍摄场景自动修正明暗度和对比度的"自动亮度优化(ALO)"功能、根据镜头对AF合焦位置进行微调的"自动对焦微调"功能,以及抑制暗角产生的"周边光量校正"功能,甚至配有高清电视输出用的HDMI端口等。它改善了40D的不足,使高像素、高感光度性能和高速连拍性能得以共存。

闪光灯功能充实，能自由操纵光线

测光模式选择/白平衡选择按钮

按下此按钮，再转动主拨盘就可以改变测光模式，转动速控转盘可以改变白平衡。

显示屏照明按钮

内置闪光灯

闪光指数为13（ISO100·米）。光圈优先、闪光同步时可以选择"1/250~1/60秒自动"。

模式转盘

P/Tv/Av/M/A-DEP是"创意拍摄区域"，C1/C2为两个自定义模式。除此之外，是全自动的"基本拍摄区域"。

热靴

用于安装外接闪光灯的带触点的热靴。装上闪光灯580EXⅡ和430EXⅡ后，可以在相机上对闪光灯进行各种设定和确认。

自动对焦模式选择/驱动模式选择按钮

按下此按钮，再转动主拨盘就可以改变"自动对焦模式"，转动速控转盘可以改变"驱动模式"。

快门按钮

快门时滞为59ms，取景器失像时间为100ms，和40D相同。

主拨盘

在程序曝光模式下可以选择光圈和快门组合。在光圈优先模式下可以改变光圈值，在快门优先和手动曝光模式下可以改变快门速度。

ISO感光度设定/闪光灯曝光补偿按钮

按下此按钮后，转动主拨盘可以设定"ISO感光度"，转动速控转盘可以设定"闪光灯曝光补偿"。

屈光度调节旋钮

显示屏

显示曝光信息、存储画质、AF、白平衡、驱动模式和剩余拍摄张数等各种信息。

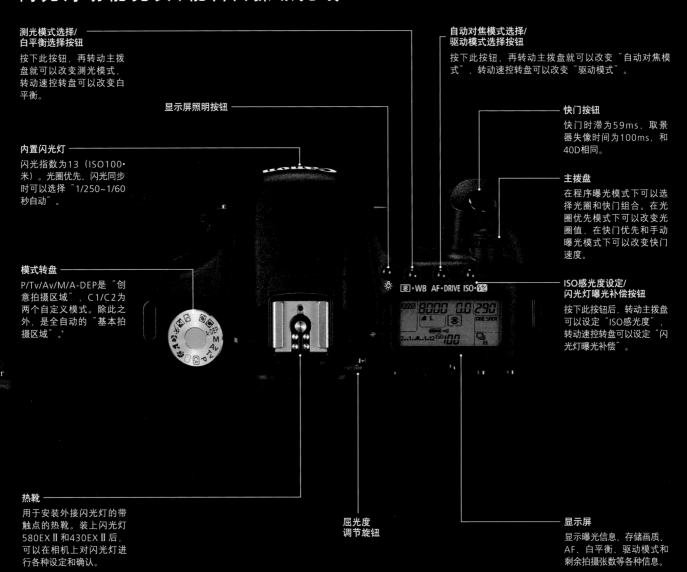

Chapter 1　EOS 50D功能详解

Check Point 初学者也可迅速上手的"创意启动"模式

所谓的"创意自动模式"，就是比全自动模式更加先进的CA（Creative Auto）模式。用户即使不知道光圈、快门速度、曝光补偿的作用，也能看着液晶显示屏上的显示，通过操作多功能控制钮按照自己的拍摄意图拍摄。照片风格采用了"标准"、"平滑的皮肤色调"、"鲜明的蓝色和绿色"还有"单色图像"这样简单易懂的名称来对调整的效果进行说明。

Check Point 可以按直观变更设定的速控屏

单从液晶显示屏的显示画面就可迅速改变设定。拍摄时按下多功能控制钮，信息显示画面上就会出现光标，可以任意选择想要变更的项目。不过，当自动对焦点的选择方法设定为"多功能控制钮直接选择"时，不能在速控画面上设定，可将SET按钮的功能设定变更为"速控画面"。

30　佳能 EOS 50D 完全实用手册

装配有支持高清电视的HDMI端口

同步端口
在棚拍等需要使用大型闪光灯的拍摄中，用来连接同步线的端口。用外接闪光灯拍摄时，如果不将实时显示的静音拍摄设定为"关闭"，外接闪光灯就不能发光。

遥控端口
连接另售的遥控开关（快门线）和定时遥控器等配件的端口。

数码端口
连接电脑和打印机的USB端口，使用随机附赠的EOS Utility软件，可以遥控实时显示拍摄。

图像输出端口
连接随机附赠的AV线，可将回放图像输出到电视上。

HDMI迷你输出端口
连接到有HDMI端口的高清电视上时使用。需要另售的HDMI线。

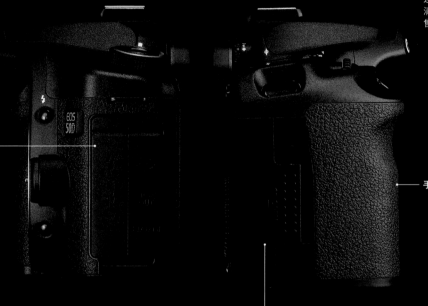

端口盖

手柄

存储卡槽
装配了支持UDMA模式6的CF卡槽。在使用支持UDMA的CF卡时，可以连续拍摄90张Large·Fine格式的图片，比只能拍75张的40D略胜一筹。

和姊妹机EOS 40D采用相同的电池

电池为BP-511A，和EOS 20D/30D/40D/5D等通用。常温下，50D的拍摄张数为800张，EOS 40D为1100张，可见比起EOS 40D来，50D的电池消耗更快。

Check Point

只有相机和CF卡都支持UDMA，才能发挥UDMA的高速传输性能。EOS 40D不支持UDMA，但EOS 50D支持133MB/秒的UMDA模式6，可以充分发挥UDMA的高速写入性能。如果是普通的CF卡，只能连续拍摄60张，但如果是支持UDMA的CF卡就能拍摄90张，可拍摄张数增加了1.5倍。

Chapter
1

搭载高性能1510万像素的CMOS传感器，解析度大幅提高

桅杆的纤细缆线
也一览无余

尽管倍率色差使得画面周边的颜色有些偏差，不过纤细的缆线拍摄得非常清楚，甚至能看到缆线的扭曲。用RAW拍摄，并用DPP软件校正镜头像差，就能得到最高的解析度了。
Canon EOS 50D / EF-S 18-200mm
F3.5-5.6 IS / 光圈优先 F8 ISO100
白平衡:日光

ISO100时的画质比较

为了充分发挥相机本身的表现力，将EF 24-105mm F4L IS USM镜头的光圈收缩到F8进行拍摄。拍摄的是像素差反映比较明显的都市风景，仔细对比大厦的墙壁和护栏后，发现50D的细部解析力确实比较好，但倒是看不出比1.5倍的像素差距来。更扎眼的是，像素较高的50D拍出的画面四周色彩偏差较大，这是倍率色差造成的。如果在等倍像素下查看最好能拍摄得非常清晰锐利，而这需要在选择镜头上多花费心思。另外，用RAW拍摄，再用DPP显影的话，可以校正倍率色差，得到比JPEG更清晰的图片。但斜线毛糙，噪点较明显，可谓各有利弊。

EOS 450D	EOS 40D+DPP	EOS 40D	EOS 50D+DPP	EOS 50D

EOS 450D的像素数介于50D和40D之间，它的表现力也相应地处于两者之间。墙壁的瓷砖解析度较平淡，但至少隐约可辨。和EOS 50D相比，色彩偏差较小，倍率色差也不是太明显。

将40D拍摄的RAW文件用DPP显影，关闭NR，除去倍率色差，输出和50D相同的像素。乍一眼看去似乎比50D的JPEG文件更清晰，细节解析度也更好，但仔细观察后就能发现图像有些扭曲。

墙壁的瓷砖完全看不出来，看上去像是纯色的。但是如果不过分拘泥于细节解析度，这是一幅不错的照片，低倍率色差和低像素使它在等倍像素下查看时很难看出色差。

将50D拍摄的RAW文件用DPP显影，关闭NR。使用镜头像差校正功能除去倍率色差，稍稍提高锐度。和JPEG文件相比，解析度变好了，但斜线较毛糙。

墙壁上的瓷砖隐约可辨，但轮廓部分的绿色和红紫色色彩偏差较大。不过放大到相同尺寸后，和其他几种拍摄情况相比，色差表现也相差不大。所以如果不在等倍像素下查看，就不用过于介意。

在拍摄分辨率测试图表时充分发挥了1510万像素的实力

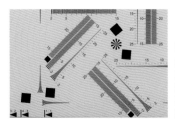

分辨率图表的测试方法

取代以往的"ISO12233-2000图表"，使用支持高像素的"ISO12233标准CIPA分辨率图表"。使用EF 100mm F2.8 Marco USM镜头。为避免小光圈成像发软，将光圈控制在F7.1。

EOS 50D

通过拍摄这种黑白的分辨率测试图表，让人切身感受到50D1510万像素的威力。分辨率超过2200线对，直逼2300线对。即使超过了分辨率极限，干扰纹和偏色也不明显。

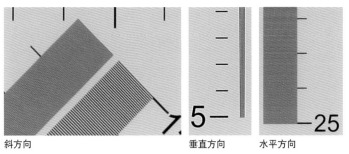

斜方向　　　　　　　垂直方向　　　　水平方向

EOS 40D

分辨率非常接近2000线对，但线条密集的地方产生了干扰纹和偏色，呈现出一种很不自然的模糊。在普通的实际拍摄中不会出现这种极端的例子，但像素低确实会影响到相机的细部表现力。

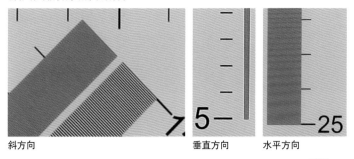

斜方向　　　　　　　垂直方向　　　　水平方向

EOS 450D

分辨率约为2000~2100线对，和50D相比稍显逊色。虽然有强调轮廓的框线，但线条有些发虚。和40D相比，其细部表现力更接近50D。作为入门级机型，450D已经相当出色了。

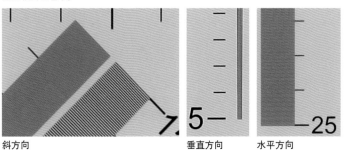

斜方向　　　　　　　垂直方向　　　　水平方向

要发挥1510万像素的表现力，使用高性能镜头是关键

EOS 40D在像素数上输给了入门机型EOS 450D。当然，不能单纯地说像素越高，画质就越好。因为只有在不损失感光度、动态范围、连拍性能的前提下提高像素那才是最好的。像素越高，用广角镜头拍摄风景时的细节表现就越好；而在用长焦镜头拍摄野鸟时也可以进行截图。

让我们来仔细看一下EOS 50D的配置，我们可以看到，几乎没有其他的参数因为像素的提高而降低。不仅如此，常用感光度范围还提高了一档，这简直令人难以置信。关于高感光度下的画质问题，下页会有论证。在这儿，我们来测试一下1510万像素的表现力。

和40D相比，50D的像素数提高了1.5倍，所以我期待着50D的表现力能高出一大截。在拍摄对比度较高的分辨率测试图表时，确实能看出50D的表现力较佳，但用广角镜头拍摄风景时，绝对看不出这么大的差别。在拍摄较远处的风景时，40D的像素数稍显不足。

另外，即使像素数提高了，但如果不使用相匹配的高性能镜头，成像就会发虚，如同将1200万像素的图像放在修图软件中放大一样，而且镜头色差会表现得更明显。所以说，能不能得到高分辨率的图像，镜头的使用至关重要。

常用感光度提高一档，拍摄范围更广

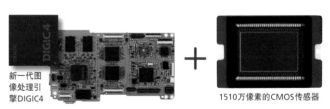

用ISO1600表现鹈鹕独特的身姿

照片中是正在戏水的鹈鹕。将感光度设置为ISO1600，用1/1000秒的高速快门捕捉到了这一瞬间。这是低感光度无法拍摄到的瞬间画面。

Canon EOS 50D / EF 100-400mm F4.5-5.6L IS USM / 光圈优先 F5.6 EV+0.3
1/1000秒 ISO1600(NR标准) 白平衡 日光

说起高感光度画质，大家都会在意噪点问题。不过表面上的噪点可以通过降噪处理去除，重要的是经过降噪处理后，对比度低的部分的细节有没有损失。噪点处理得再好，但如果细节损失严重也没有意义。因此人偶的脸部和头发纹理有没有损失细节是检查的重点。

高感光度下的画质大检查！

新一代图像处理引擎DIGIC4

1510万像素的CMOS传感器

用无缝微透镜降低噪点

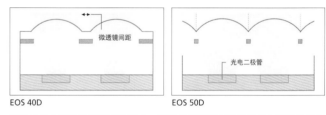

微透镜间距

光电二极管

EOS 40D

EOS 50D

将微透镜之间的距离尽可能缩小，这样就能将更多的光线导入至光电二极管，提高受光率，从而将由像素极小化引起的感光度性能的劣化降低到最小程度。

进化的高感光度NR提高了高感光度拍摄时的画质

50D最让人关注的是在像素提高后，它的高感光度画质发生了怎样的变化。50D的常用感光度提高到了ISO3200，如果使用扩展感光度，甚至可以实现ISO12800的超高感光度摄影。

在以前的EOS数码单反相机上，高感光度NR（高感光度拍摄时的降噪处理）的标准设置为"关闭"，但在50D上高感光度NR设为标准时，NR是工作的。此外，无缝微透镜和DIGIC4也对高感光度画质的提高做出了贡献。

将50D的高感光度NR关闭时拍出的画面和40D、450D相比，在等倍像素下查看时，噪点更加明显。即使是在ISO800下拍摄，也会有让人心烦的细小噪点。但将高感光度NR设为标准的话，ISO1600也可作为常用感光度使用。如果使用自动亮度优化和高光色调优先功能，ISO3200下拍摄的画质也相当优秀。

另外，用RAW拍摄并用DPP显影时，照度噪点和色度噪点的降噪等级范围均为0~20。设置不同，图像的分辨率和噪点平衡会有很大不同。

EOS 40D

NR(开)	NR(关)

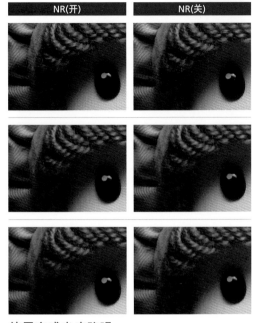

EOS 50D

DPP显影	NR(标准)	NR(关)

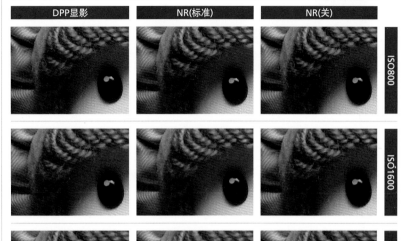

ISO800

ISO1600

ISO3200

使用高感光度降噪，ISO1600下也能拍出优秀画质

"高ISO感光度降噪功能"的标准设置为"关闭"，ISO1600下画面的噪点倒不明显，但暗部产生了彩色噪点。ISO3200下拍摄的画面，噪点非常显眼。如果将高感光度降噪设置为"开"，ISO1600下的画质也足够优秀。

NR标准时可以出色降噪！

将"高ISO感光度降噪功能"设为"关闭"时，拍出的画面比40D在ISO1600下拍摄的画面彩色噪点稍为明显。但一旦设为"标准"，噪点立刻消失。考虑到细部的分辨率，虽然最好不要进行降噪处理，但像素数的增加弥补了这一损失。

Chapter
1

使用ISO感光度扩展功能，可以实现超高感光度摄影

DPP显影	NR(标准)	NR(关)

ISO6400

在花纹简单、灰阶明亮的部分，只要启动高感光度NR，画质便非常优秀，让人想象不到这是用ISO6400拍摄的。遗憾的是，暗部有浅浅的横向斑纹。但如果仅仅是应急，图像还是可以使用的。

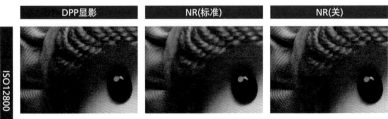

DPP显影	NR(标准)	NR(关)

ISO12800

除了斑纹之外，红色斑点开始出现，色彩饱和度也降低了，不建议使用。不过，如果遇到非此感光度不能拍摄的物体，也可以抱着试一试的心理挑战一下。

在扩展功能中的自定义功能"C.Fn I-3"中选择。如果选择为"开"，感光度可以设定到ISO6400、ISO12800。

DIGIC4解决了由像素数提高带来的响应速度下降的问题

DIGIC4
可以高速处理
1510万像素的大容量数据

CMOS传感器读出性能的改良和高速增幅器的采用，让高速信号的读出速度达到原来的1.5倍。由于DIGIC4的处理速度至少提高了30%，因此即使像素数增加了，拍摄时的响应速度也不会降低。

DIGIC4的处理速度实现了高速的连拍性能

相对于连拍速度为6.5张/秒的EOS 40D，50D的连拍速度稍慢，为6.3张/秒。连续拍摄张数也稍微减少，Large·Fine格式的照片由75张降低到65张，RAW格式照片由17张降低到16张。不过考虑到50D的像素数提高了1.5倍，却能保持和40D同等的连拍性能，实属不易。另外，如果使用支持UDMA的CF卡，Large·Fine格式的照片能连续拍摄90张，超过了40D的75张。

在以前的相机上，如果将"高ISO感光度降噪功能（高感光度NR）"设为"开"，可连续拍摄的照片张数会锐减。但在50D上，只要不把高感光度NR设置为"强"，不会对连续拍摄的张数产生影响。因此在拍摄体育等动态题材时，可尽情使用高感光度捕捉瞬间动作，而不用担心连续拍摄张数会减少。其实，在需要连拍的摄影领域，50D的连拍性能比40D更胜一筹。

另外，在实时取景情况下按下快门时，从反光镜升起到快门全开开始曝光，反光镜震动很小，非常适合用于使用三脚架进行拍摄的超长焦摄影中。不过，实时取景下的连拍速度为5.8张/秒，比通常的高速连拍稍慢一点。

用6.3张1510万像素的高画质展现1秒钟内的动作

用6.3张/秒的高速连拍定格海豚的跳跃动作

照片拍摄的是在新江岛水族馆进行的海豚秀。3只海豚一起跳跃的情景壮观动人，用稍微宽松的构图连拍海豚的跳跃动作。如果用入门机型，是绝对拍摄不出这种效果的。
Canon EOS 50D / EF-S 18-200mm F3.5-5.6 IS / 快门优先 1/1250秒 ISO125(感光度自动) 白平衡:自动

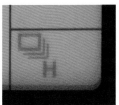  

高速连拍的设置方法

按下"AF·DRIVE"按钮，旋转背后的速控转盘进行设定。在高速连拍模式下，可以享受到每秒钟拍摄6.3张照片的乐趣。如果选择低速连拍模式，每秒钟约可拍摄3张。

驱动模式

	高速连拍	低速连拍
EOS 50D	约6.3张/秒	约3张/秒
EOS 40D	约6.5张/秒	约3张/秒
EOS 450D	约3张/秒	—

EOS 50D的连拍速度虽然稍逊于EOS 40D，但作为中级机型，6.3张/秒已经是一个相当快的速度了。再考虑到像素数的增加，我们实在不能过于求全责备。

EOS 50D vs EOS 450D，连拍速度大比较

在保证高画质的同时，实现令人惊叹的响应速度

在1500万像素以上的数码单反相机中，连拍速度超过6张/秒的只有EOS 50D。可以说，它是一款兼具高响应
速度和高精细画质的超性价比中级单反。特别是其响应速度，跟入门单反完全不是一个级别。

作为入门机型，已经很不错了

作为入门机型，EOS 450D的响应速度已经很敏捷了。但是要拍摄体育等动态题材时，就稍感不足。特别是将
"高ISO感光度降噪功能"设为"开"时，连拍速度会降到2张，这是一个致命伤。

EOS50D
Chapter

1

EOS 50D功能详解

使用支持UDMA高速传送规格的CF卡能提升连拍性能

EOS 50D

使用支持UDMA的CF卡　约90张
约65张
约16张
约11张

EOS 40D

约75张
约17张
约14张

EOS 450D

约53张
约6张
约4张

JPEG，Large·Fine
RAW
RAW+JPEG，Large·Fine

SanDisk
Extreme Ⅳ

SanDisk Extreme DUCATI
EDITION

SILICON POWER
300倍速CF卡

使用支持UDMA的CF卡
就可以实现轻快的连拍

只要装上支持UDMA的CF卡，存储为JPEG文件时的
连拍张数就会大幅增加。存储为RAW文件或同时存
储为JPEG和RAW文件时，虽然连拍张数不变，但缓
存释放的时间会缩短。如果需要连续进行1510万高
像素的连拍，最好拥有一张支持UDMA的CF卡。

照片中是横滨cosmoworld的入水快速滑行车。拍摄快速滑行车从某一点到入水的全过程，两款相机拍摄的张数显然不同。

| 约拍摄了14张 | EOS 50D：约6.3张/秒

| 约拍摄了8张 | EOS 450D：约3.5张/秒

高感光度降噪功能在用户自定义"C.Fn Ⅱ-2"中设定。在默认值"标准"下，连拍的张数不会减少。如果设置为"强"则细节损失较大，连拍的张数也会减少。

高ISO感光度降噪的默认值是「标准」，高感光度连拍的画质得到改善

即使将高ISO感光度NR设置为"标准"，也不会减少连续拍摄张数

EOS 450D作为入门机型，可以实现3.5张/秒的连拍速度。但是和可以用6.3张/秒的速度拍摄快速滑行车的50D相比，实力悬殊还是比较大的。在拍摄这种瞬间变化剧烈的动态对象时，连拍速度哪怕只快一点点，就能拍出更富有变化的照片。

EOS 450D最大的瓶颈是一旦将高ISO感光度NR设置为"开"，连拍张数会骤降到2张，且2张连拍后，需要间隔1秒再连拍。

在这一点上，50D有了很大的进步，只要不将高ISO感光度NR设置为"强"，连续拍摄张数不会有变化。不仅如此，将高ISO感光度NR设置为"标准"时，能有效去除噪点。由于单个文件变小，连续拍摄张数反而比将高ISO感光度NR设置为"关"时要多。顺便提醒大家一下，将高ISO感光度NR设置为"强"时，连续拍摄张数约会减少1/3甚至一半，而且对比度低的部分会有细节损失。所以如果没有特殊情况，尽量不要将高ISO感光度NR设置为"强"。

使用支持UDMA的CF卡，能实现更轻松的连拍

使用不同的CF卡，连续拍摄张数也会有变化。EOS 50D支持UDMA，所以如果使用支持UDMA的CF卡，会得到最好的写入性能。不仅连续拍摄的张数会增多，缓存释放速度也更快。我针对连拍张数做过一个测试，即在保存为RAW+JPEG（Large·Fine）格式的情况下拍摄30秒钟。此时用SanDisk Extreme DUCATI卡可以一口气连拍54张，使用支持UDMA的300倍速CF卡可以连拍46张，使用266倍速CF卡可以拍摄31张，使用SanDisk Ultra Ⅱ卡可拍摄26张。可以看出，在保存为RAW+JPEG格式文件时，使用支持UDMA的CF卡具有压倒性优势。

继承EOS 40D的高性能之『眼』，捕捉被摄体

搭载全点十字AF，拍摄更安心

9个对焦点全部为十字传感器，因此自动对焦时不会受被摄体线条方向的干扰，每个对焦点都可安心使用。

Canon EOS 50D / EF 100-400mm F4.5-5.6L IS USM / F5.6 1/250秒 ISO1000　白平衡：自动

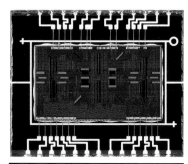

9点十字传感器带来的高精度自动对焦

即使是最大光圈为F5.6的镜头，也能进行全9点对焦。无论被摄体是什么图案，都能得到稳定的自动对焦。另外，还有校正由光源色温造成的焦点错位的机构。

设有AF启动按钮

对不习惯半按快门按钮进行自动对焦的人和爱用"拇指AF"的人来说，AF启动按钮不可或缺。遗憾的是，电池手柄上没有AF启动按钮。

采用全点十字AF，对焦更快捷

　　EOS 50D上搭载了呈菱形排列的9点相位差检测AF，虽然对焦点数量在中级单反相机中不算最多，但50D的9个对焦点全为支持F5.6的十字传感器，几乎在所有的镜头上都能同时检测出横线和纵线。此外，中央对焦点支持F2.8，使用大光圈镜头也能高精确对焦。

　　顺便说一下，追踪拍摄动作激烈的被摄体时，可以将人工智能伺服自动对焦和对焦点自动选择组合使用，不过需要了解EOS的相关特性。单次自动对焦会合焦于最近的被摄体，而人工智能伺服自动对焦会捕捉中央对焦点最初锁定的被摄体，然后边自动选择对焦点边继续追踪。所以先将主要被摄体放在画面中间，再半按快门按钮是使用人工智能伺服自动对焦&对焦点自动选择要遵守的规则。

EOS 50D 取景器放大倍率0.95倍 视野率95%

取景器的规格基本和EOS 40D相同，并进行了小小的改良，即高光色调优先时会显示"D+"符号。

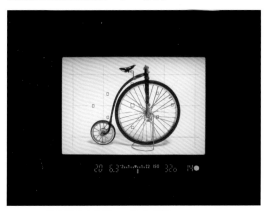

EOS 40D 取景器放大倍率0.95倍 视野率95%

比较适度的取景器放大倍率，即使戴上眼镜也能看到画面周边。高光色调优先时，显示ISO感光度数值的0会变小（更换为小方格）。

EOS 450D 取景器放大倍率0.87 倍视野率95%

作为采用五面镜的入门机型来说放大倍率已经相当高了，也有ISO感光度显示，是一款非常不错的取景器。

大而明亮的五棱镜

EOS 450D采用的是五面镜，有利于实现小型轻量化，取景器放大倍率为0.87倍。与此相对，EOS 40D和EOS 50D都采用了五棱镜，取景器放大倍率为0.95倍，取景器成像更大，确认对焦更方便。

继承自中端单反EOS 40D的 高性能取景器

搭载屈光度调节功能

EOS 50D搭载了-3.0~+1.0m⁻¹（dpt）的屈光度调节机构。拿到相机后，先根据自己的视力调整此功能，直至取景器成像和信息显示清晰为止。

采用五棱镜

和五面镜相比，采用五棱镜的取景器的放大倍率更高。取景器成像的大小和清晰度是入门机型和中端机型最大的区别。

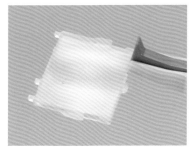

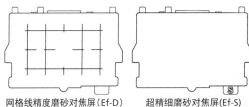

网格线精度磨砂对焦屏(Ef-D)　　超精细磨砂对焦屏(Ef-S)

可以更换对焦屏

佳能提供了两种可以更换的对焦屏，分别是有网格线的Ef-D对焦屏和使用大光圈镜头可以进行高精度对焦的Ef-S对焦屏。为了得到正确的曝光，更换对焦屏时千万不要忘了在自定义功能中进行设定。

搭载了可以更换对焦屏的高性能取景器

　　EOS 50D的取景器放大倍率为0.95倍，视野率为95%，这是中端单反的标准配置。还可以更换对焦屏，有网格线对焦屏和大光圈镜头用的超明亮对焦屏可供选择。

　　另外，取景器下方的信息显示区除了可以显示拍摄模式和曝光信息外，还会显示ISO感光度，可以随时检查ISO感光度的设定是否正确。使用高光色调优先功能时，会显示"D+"符号。

搭载高精细液晶显示屏，充分享受实时取景的乐趣

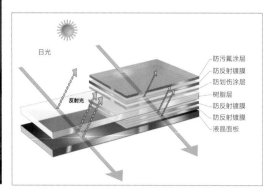

实时显示拍摄，可以准确确认构图

液晶屏点数达到了以往机型的4倍，拥有高精细、高反差显示，不仅回放图像清晰，实时显示画面和菜单文字看起来也非常舒服。显示屏的保护面板采用了防反射镀膜，即使在户外使用，也能确保可视性。

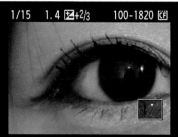

能显示高分辨率图像，更易确定焦点

画面可放大1.5倍~10倍，共有15档，能读入高分辨率图像。加上液晶显示屏的高清晰显示，在拍摄现场能严格确认对焦。

采用广视角液晶显示屏，即使从斜方向看，亮度和色彩的变化也极小

视角为160度。即使是使用实时显示功能进行低角度或高角度拍摄，液晶显示屏上的成像也不会发生畸变或变暗。防反射镀膜确保了户外拍摄时液晶屏的可视性。

搭载了92万点液晶屏，确认焦点更加容易

以往的30D和40D都在液晶屏的显示品质上备受非议。30D的液晶显示屏不但亮度和对比度低，而且还带有青绿色调，因此菜单和回放图像很难看，更无从判断白平衡。

受到这些指责后，佳能在40D上采用3.0英寸的液晶显示屏，同时提高了其亮度和对比度，并改善了色调。但是放大图像确认焦点时，却又让用户犯难了，因为完全看不出来是否对焦准确。液晶显示屏的像素点只有23万是其中一个原因，但最根本的原因还在于放大回放图像时显示的效果图分辨率较低。

而50D的液晶显示屏一举扫除了上述所有缺陷。它采用了3.0英寸、92万点的液晶面板，并对液晶屏的保护面板采用了3层防反射镀膜，提高了户外摄影时的可视性。另外，放大显示时，虽然最开始出现的是分辨率低的效果图，

用曝光模拟功能决定实时显示的曝光水平

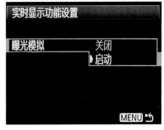

确认曝光水平

在实时显示功能设置中启动曝光模拟，这样液晶屏上便会显示曝光水平，可以看着液晶屏调整曝光补偿等。实时显示时CMOS传感器会测定曝光，所以即使是使用自动曝光模式拍摄，也不会受到从取景器进入的光线影响，不需要目镜快门。

Canon EOS 50D / EF 500mm F4L IS USM(1.4倍增距镜) / F5.6 1/160秒 ISO1000 白平衡:自动

通过显示网格线确认实时显示拍摄时的构图

实时显示拍摄时的视野率约为100%，比通过取景器拍摄能更精确地确定构图。另外，需要时可显示网格线。网格线有两种选择，分别为3×3和6×4。

但马上就能读入高分辨率的图像，从而可以精确确认焦点。

由于液晶屏的高精细化，实时显示的画面非常清晰。特别是将实时显示画面放大10倍进行手动对焦或者用反差检测AF拍摄时，非常容易确认焦点。可以说，50D的液晶屏品质超越了以往任何一款EOS数码相机。

Chapter 1

可以凭直觉改变拍摄设定的速控屏幕

在拍摄准备状态中按下多功能控制钮后，液晶显示屏上就会显示主要的摄影信息和功能设定状态，这就是"速控屏幕"。通过操作多功能控制钮可以选择速控屏幕中的项目，再转动主拨盘/速控转盘可以直接改变参数。

①按下多功能控制钮。如果自动对焦点选择方法中的设定为"多功能控制钮直接"，那么通过这种方法则调不出速控屏幕。可在SET按钮功能中加上速控屏幕。

②上下左右移动多功能控制钮，将光标移动到想要改变设定的项目上。在此状态下转动主拨盘/速控转盘就可变更参数设定。

③在显示速控屏幕的状态下，按下SET按钮，就可以调出光标所在的项目画面。如果操作熟练的话，用②中的操作方法更便利。

43

在不同场合下要区别使用的3种实时显示AF模式

1 │ 用快速模式进行高速对焦

在使用超长焦镜头时快速准确地对焦

将实时显示拍摄功能中的"静音拍摄"设置为"模式1"或"模式2"时，实时显示拍摄中反光镜不工作，可以将超长焦摄影的反光镜震动降到最小。不过如果在超长焦拍摄中使用实时显示模式，对焦很花时间，但使用快速模式或手动对焦微调模式则不会错过快门时机。手持拍摄时快速模式也是最合适的。

Canon EOS 50D / EF 500mm F4L IS USM(1.4倍增距镜) / 光圈优先 F5.6 ISO800 白平衡:日光

选择自己喜欢的AF模式挑战实时显示拍摄

实时显示功能设置中共有3个选项：快速模式、实时模式和实时面部优先模式。用户可根据拍摄条件和被摄体自由选择。

实时显示开始 　　　　 对焦

实时显示按钮位于机身背面、取景器的左边。按下这个按钮后，液晶屏上会显示实时图像。用取景器右侧的AF-ON按钮对焦。

3种自动对焦模式让实时拍摄走向巅峰

　　EOS 50D的实时自动对焦共有3种模式：快速模式、实时模式和实时面部优先模式。用户可根据被摄体在"实时显示功能设置"中自由选择。

　　快速模式和普通摄影一样，是通过反差检测AF来实现高速对焦的。按下AF-ON按钮后，实时显示画面中断，反光镜返回后通过单点AF对焦，然后返回实时显示画面，对焦非常迅速。每次按下AF-ON按钮时，反光镜都会啪嗒啪嗒地弹动。

　　选择实时模式时，实时显示画面不会中断，同样是通过反差检测AF对焦。操作多功能控制钮将AF框移动到想要合焦的位置，然后按下AF-ON按钮进行对焦。将实时显示画面放大5倍、10倍后再按AF-ON的话，能实现更精确的对焦。在使用某些镜头时，或在某些拍摄条件下，对焦可能会花些时间，但由于是在感光元件的成像上对焦，精度非常高。

　　实时面部优先模式和卡片机一样，相机会在拍摄画面中找出人脸，并通过反差检测AF优先对人脸对焦。如果画面中有多张人脸，可使用多功能控制钮选择想要合焦的人物的面部。不过使用实时面部优先模式时有一个制约条件，就是实时显示画面无法放大。

2 用实时模式准确对焦

放大显示画面以确认大光圈镜头的焦点

当用大光圈镜头全开光圈拍摄时,景深接近于零。再加上像差的影响,很难得到理想的对焦精度。这个时候可以切换到实时模式,将画面放大10倍并自动对焦。只要被摄体和相机不晃动,几乎都能准确对焦。不过,最好还是使用三脚架。

Canon EOS 50D / EF 50mm F1.4 USM / 光圈优先 F1.4 ISO160
白平衡:色温(2800k)

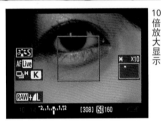

10倍放大显示

3 面部优先自动对焦模式可简单拍摄人物

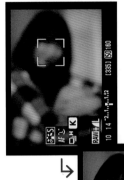

检测出人脸,自动设定焦点位置

如果选择面部优先模式,只要相机检测到人脸,实时显示画面上就会出现一个白色方框。按下AF-ON按钮合焦后,方框会变成绿色,这时按下快门就OK了。

自动对焦微调时,大光圈镜头的实力得到100%的发挥

+15的微调让焦点对准眼睛

使用EF 24mm F1.4 USM尝试用最大光圈拍摄。将回放图像放大后发现成像有些发软,怀疑是焦点没对准。于是使用自动对焦微调功能前后移动焦点位置,发现经过+15的微调后,画面更清晰。

Canon EOS 50D / EF 24mm F1.4L USM / 光圈优先 F1.4 EV-0.3 ISO200 白平衡:自动

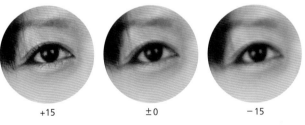

+15   ±0   −15

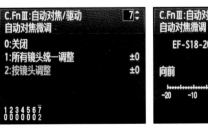

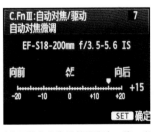

使用自动对焦微调功能,可以将自动对焦下的焦点位置前后移动20格。当镜头和相机的契合度不是很高的时候,焦点容易偏前或偏后。这时使用自动对焦微调功能,就能得到准确的焦点位置。相机最多可记录20支镜头的调整值。

自动校正镜头像差和对比度

用镜头周边光量校正功能修正画面四周暗角

开启

EOS Utility

50D上能记录约20支镜头的周边光量修正数据，使用随机附赠的EOS Utility，可以将这一数量增加到40支。另外，能进行周边光量修正的只有JPEG文件，其效果与使用DPP（Digital Photo Professional）对RAW文件进行最大修正时相比，稍微保守一点。

关闭

让长焦镜头的光圈全开拍摄发挥威力

利用EF-S 18-200mm IS ZOOM的长焦端并全开光圈拍摄。虽然缩小2~3档光圈可以抑制画面暗角的产生，但使用长焦镜头时，为确保快门速度，很多时候只能用最大光圈拍摄。这个时侯周边光量校正功能便能发挥作用了。

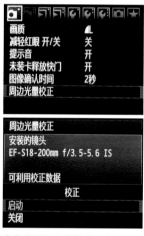

在菜单画面上选择"周边光量校正"选项，按下SET按钮，确认安装的镜头可利用校正数据。如果显示没有校正数据，可用EOS Utility确认镜头是否注册，并将未注册镜头的校正数据记录到相机中即可。

"周边光量校正"等高效修正能力魅力无穷

和胶片相机不同，数码相机在图像处理上更为灵活，50D上就搭载了各种图像处理功能。

当全开光圈拍摄时，画面四周容易出现暗角，使用"周边光量校正"功能就能通过图像处理对画面四周的暗部进行修正。通常来说，广角镜头下的暗角尚可作为一种特殊效果尝试，而长焦镜头下的暗角就会破坏整体画面了。

从450D开始加装的"自动亮度优化（ALO）"功能在50D上得到了进一步的完善。50D的这一功能共有4档可以选择：标准、弱、强、关闭，相机的初始设定为"标准"。在拍摄亮度差较大的场面或曝光不足时，使用这一功能可调亮暗部。

另一方面，为抑制高光部位跳白，继40D之后，50D也搭载了"高光色调优先"功能。高光侧的动态范围增加了1档，有效控制了高光溢出现象的产生。不过，使用此功能有一个制约条件，那就是最低感光度只能设定为ISO200。

用自动亮度优化修复曝光不足和低对比度

关闭

强

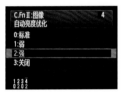

开启自动亮度优化功能，相机将会自动修复对比度较低和曝光不足的区域，适用于JPEG格式摄影（并不是修正拍摄后图像的功能）。不过暗部经过修复后，有时会出现明显噪点，要注意这一问题。在手动曝光摄影时，这一功能不工作。

自动逆光修正让人物得以明亮再现

因为自动亮度优化功能能让暗部变亮，在某种程度上等同于自动逆光修正效果。不过修正后，照片上的噪点比较明显，在能使用正曝光补偿的时候尽量进行曝光补偿。

初学者也可随心所欲拍摄的创意自动模式

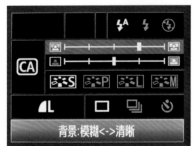

创意自动模式（CA模式）比全自动模式更能满足拍摄欲望强烈的初学者。即使不理解光圈、快门速度、曝光补偿等相机术语，也能依据液晶显示屏的指示，操作多功能控制钮进行各种设定，得到自己想要的效果。

用高光色调优先功能抑制高光溢出

将曝光水平降低1档相当于降低1档感光度，在信号处理中调整暗部到中间调的亮度，可以抑制高光溢出现象。在拍摄纯白的婚纱或白色被摄体时，这一功能非常实用。但也不要随便使用，因为有可能会导致画面失去层次感。

启动

再现高光部位的细节

请观察绿色的沙发靠背和白色的窗帘，如果用普通方式拍摄，这些部位会出现高光溢出。将"高光色调优先"功能设定为"启动"再拍摄时，这些部位的颜色和灰阶都能保留得很好。

关闭

6种照片风格，自由操纵照片的色彩和灰阶

一键选择符合照片表现的色彩效果

| 人像 |

整体的色彩饱和度较高，特别是橙色系和粉色系颜色能得到明亮再现，让女性和孩子的皮肤呈现出透明健康的色泽。为了不过度强调脸部的纹理，锐度较低。

| 标准 |

是大家都能接受的模式，一般被摄者均可选择这种模式拍摄。对比度、色彩饱和度、锐度都很适中，注重照片的层次感。其一大特点就是即使不做后期处理，打印质量也不错。Rud digna faccum volesequisl

| 中性 |

这是以后期修图为前提的拍摄模式，重视素材特质。色彩饱和度、对比度、锐度都较低。和其他风格相比，不易出现高光溢出和色彩过饱和现象。即使明暗对比度大的被摄体，也看不出破绽，但画面整体缺乏视觉冲击力。

| 风光 |

整体色彩饱和度和对比度都较高，特别是天空的蓝色和树木的绿色发色非常鲜艳。另外，锐度较高，即使是用广角镜头拍摄的画面也非常清晰明亮。不过因为色彩饱和度较高，在拍摄高饱和度的被摄体时要谨防色彩过于饱和。

| 单色 |

单色风格并不等同于将彩色照片的色彩饱和度降为零，它的特征是能得到近似于黑白胶片的拍摄效果。能设置橙色和黄色等滤光镜效果，可以自由地将色彩的差异转换为灰阶差异，还可以进行深褐色和蓝色调等效果的色彩调整。

| 可靠设置 |

在标准光源下（5200k）拍摄的被摄体的色值几乎没有偏差。它将标准模式下朴实的颜色调整得鲜艳一些，而将过于鲜艳的颜色调整得朴实一些，从而让所有颜色都得到忠实再现。

照片风格
标准
① 3,① 0,⅜ 0,○ 0
[S] [P] [L] [N] [F]
[M] [1] [2] [3]
INFO. 详细设置

照片风格的设定

按下风格模式选择按钮，就可以用主拨盘或速控转盘从6种基本模式和3种用户设定模式中选择，然后按下SET按钮确定。

根据自己的喜好选择照片风格

以前的胶片相机可以通过改变胶片品牌来改变照片的发色和灰阶，而在数码单反上，虽然不能更换感光元件，却能在图像处理引擎进行处理时自由改变图像风格。

某些品牌的相机的照片风格会随着机型的不同而改变，但佳能的EOS系列数码单反搭载了效果统一的照片风格。只要你选择的是同一种照片风格，照片呈现的效果是相同的。

以EOS 50D为例，在EOS 5D之后发售的EOS

**蓝天得以鲜艳、
清晰地再现**

为了强调天空的蔚蓝，将照片风格设置为"风光"，天空的颜色呈现得更加鲜艳，将白色的飞机机身衬托得很是鲜明。锐度也很高，即使在等倍像素下查看，也看不出丝毫破绽。

EF 300mm F4L IS USM / 快门优先 1/400秒 ISO100 白平衡:自动

下载照片风格文件，追加新模式

佳能的网页上有详细介绍照片风格的页面，从上面还可以下载"黎明和黄昏"、秋天色调"、"翠绿"等照片风格文件，将其下载下来注册到相机和DPP上，就能得到新的风格带来的视觉享受了。

http://www.canon.com.cn/front/product/PStyle/fileIndex.html

黎明和黄昏

秋天色调

根据个人喜好制作照片风格

在每种照片风格下，都可以对反差、反差饱和度、锐度和色调进行细微调整。使用照片风格编辑软件的话，还能改变特定颜色的色相、饱和度、亮度，从而得到完全属于自己的独创照片风格。

系列数码单反都搭载了6种照片风格，分别为：标准、人像、风光、中性、可靠设置和单色。在各种模式下还能按个人喜好对锐度、反差、饱和度和色调4个参数进行细微调整，根据个人喜好调整的风格可以作为用户设定保存在相机上，一共能保存3种。

如果使用附赠的照片风格编辑软件，能对特定的颜色进行色调、颜色饱和度和清晰度的调整，制作属于自己的照片风格。此外，还能从佳能网站的照片风格页面（http://www.canon.com.cn/front/product/PStyle/file.html）上下载照片风格文件，并使用EOS Uilitity注册到用户设定中。网上可下载的照片风格有怀旧、翠绿、黎明和秋天色调等，可以享受多种风格带来的乐趣。

丰富的除尘功能去除灰尘烦恼

搭载了具有氟涂层的
感应器清洁单元，大大提升除尘性能

将自动清洁感应器
设置为"启动"，
每当电源打开或关
闭时，系统都会自
动清洁感应器。

获得除尘数据，自动清除灰尘

选择"除尘数据"，
按指示拍摄纯白的被
摄体。当除尘数据收
集完毕后，灰尘位置
信息就会被添加到拍
摄图像上，用DPP可
以自动修复。

50D搭载了感应器清洁单
元，每当电源打开或关闭
时，低通滤镜的前端会产生
超声波震动，抖落感应器上
附着的灰尘。由于采用了氟
涂层，灰尘更易抖落。虽然
不能百分之百地防止灰尘进
入画面，但可有效控制更换
镜头时的灰尘附着。

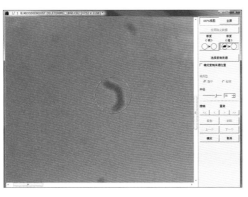

用附带的DPP软件也能清除灰尘

用DPP中的印章工具就可清除RAW图像上的灰尘。先指
定一个复制位置再覆盖在有灰尘的地方，即可简单去除灰
尘。如果有除尘数据，只要点击一下就可修复。

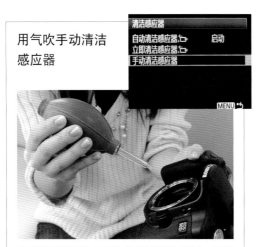

用气吹手动清洁
感应器

在"清洁感应器"中选择"手动清洁感应器"，反光
镜会立即升起，用户即可清洁感应器表面了。由于图
像感应器表面极其精密，所以千万不要触碰其表面，
只能用气吹吹。如果仍然不能去除灰尘，推荐送到佳
能维修中心进行清洁。

不产生灰尘，使灰尘不易附着，还能用软件清除灰尘

数码单反的最大魅力在于可更换镜头，但是更换镜头时
灰尘易附着在感应器的表面，使照片上产生黑影。

为了解决感应器的灰尘附着问题，最新的EOS数码单反
相机进行了各项改良。首先为防止相机内部产生灰尘，快门
组件和机身盖都采用了不易产生灰尘的材料。此外，搭载了
感应器清洁组件，每当电源打开或关闭时，低通滤镜的前端
都会产生超声波震动，以抖落灰尘。而且，低通滤镜的前端
采用了氟涂层，使灰尘更易抖落。

当然，上面的措施还不能百分之百地防止灰尘进入画
面，所以厂家为用户准备了DPP软件。只要获得了灰尘的位
置信息（除尘数据），用DPP软件就可以自动修复蓝天或纯
色部分的灰尘。除尘数据隐藏在JPEG和RAW数据中，拍摄
者无需过分留意即可修复。

根
据
拍
摄
时
的
光
线
，
对
照
片
的
色
调
进
行
设
定

白平衡
日光
(约5200K)

白平衡有9个模式可供选择

50D上一共有9种白平衡模式：自动、日光、阴影、阴天、白炽灯、白色荧光灯、闪光灯、手动和色温。拍摄时选择和现场光线相匹配的白平衡模式，就能得到接近于真实的色彩效果了。按下白平衡选择按钮后，用速控主拨盘进行选择。

对白平衡进行微调，控制色调

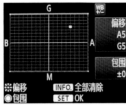

从菜单画面上选择"白平衡偏移/包围"选项，用多功能控制钮对色调进行微调。旋转速控转盘，就会切换到白平衡包围设定上，能自动改变白平衡拍摄。

← 蓝色

琥珀色 →

↑ 绿色

对白平衡进行微调，表现梦幻般的夕阳美景

白平衡调整可以在蓝色↔琥珀色和绿色↔洋红之间调整。通过在蓝色↔琥珀色之间调整，可以改变照片的冷暖色调，蓝色为冷色调，琥珀色为暖色调。将夕阳景色往洋红方向调整时，照片会染上紫色调，可以充分展现日暮氛围。

↓ 洋红

选择白平衡，赋予画面美丽的色彩

想要赋予画面美丽的色彩，恰当的白平衡设定是关键。在大部分拍摄场合，自动白平衡模式下就能得到令人满意的色调。但在薄云笼罩的晴天拍摄时，照片会偏琥珀色。为了防止这种情况的出现，应根据日光设定白平衡。另外，夏天和冬天的日光在色温上（光的红色调和蓝色调）存在差别，最好直接指定色温值。夏天日光的色温设定应为5200~5500k，冬天日光的色温

设定应为4800~5000k，这样就能得到最接近于真实的色调了。

白平衡调整（WB）可以在蓝色↔琥珀色和绿色↔洋红之间进行微调。往洋红方向调整时，可以纠正照片的绿色调，使夕阳的景色更加令人印象深刻。设定白平衡修正时，相机肩部液晶显示屏上会显示"WB+/-"，提醒用户不要忘了用完以后恢复到原来的状态。

附带的RAW显影软件

选择3个调整标签，熟练使用工具调色板

在工具调色板中调整照片

用DPP打开照片，一边在编辑画面中确认照片，一边在工具调色板上进行RAW显影设定、镜头像差修正以及降噪处理。根据编辑内容，熟练使用3个调整标签。

附带DPP Ver.3.5!

EOS 50D附带了RAW显影、阅览和编辑软件"Digital Photo Professional（DPP）"Ver.3.5，在windows和苹果机上都能使用。

NR/镜头/ALO 标签

除了减噪和镜头像差校正，还可以改变自动亮度优化的强度。JPEG和TIFF图像只能进行减噪处理。

RGB标签

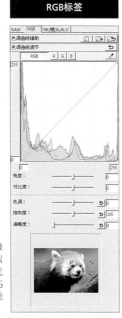

除了能对亮度、白平衡、照片风格和曲线进行调整外，还能对色调、饱和度和清晰度进行调整。不仅对RAW图像有效，对JPEG和TIFF图像也有效。选择"色调曲线辅助"后，DPP会自动调整图像对比度。

RAW标签

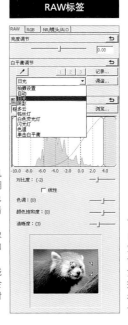

可以改变亮度、白平衡和图片样式。白平衡精细调节不是坐标轴式的，而是一个彩色圆圈，操控鼠标可以自由改变色调和色彩强度。

用RAW格式拍摄，再在显影处理中进行调整

　　EOS数码相机系列都附赠名为Digital Photo Professional（DPP）的RAW显影软件。通常来说，从感光元件上读出的数据会在相机内的图像处理引擎DIGIC中进行信号处理，并保存为JPEG文件。但用RAW格式拍摄时，处理芯片不会对其进行信号处理，而是作为原始数据保留。DPP就是将这些未进行过加工的数据在电脑中进行信号处理（RAW显影）的软件。

　　RAW格式拍摄的优势是在拍摄后可以自由改变白平衡和照片风格，而且不会降低画质。DPP还能对周边光量不足、倍率色差、歪曲像差等镜头的像差进行修正（不过只限于一部分佳能原厂镜头）。与用JPEG拍摄相比，能得到更精细的描写。此外还能改变自动亮度优化的强度，在降噪处理中能分别调整照度噪点和色度噪点，可完全按个人喜好进行图像处理。

使用"NR/镜头/ALO"标签，提高照片的画质

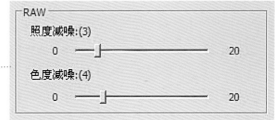

可以减少照度噪点和色度噪点

噪点有照度噪点和色度噪点两种，对这两种噪点进行降噪处理时都会产生一定的副作用。如果对照度噪点进行处理，可能会降低分辨率。同样的，如果降低色度噪点，暗部的色彩会丢失。所以用户在进行降噪处理时，一定要把握好各方面的平衡。

校正镜头像差，提高照片质量

校正色像差前

校正色像差后

虽然50D可以进行机内周边光量校正，但用RAW格式拍摄后再用DPP显影的话，可以修正歪曲像差、倍率色像差和色彩模糊，充分体现1510万像素的高画质，使画面更加清晰锐利。

另外，佳能照片风格网页上提供的新照片风格也能在DPP中使用。DPP搭载了印章工具功能，能去除照片上的灰尘阴影和杂点。印章工具和RGB工具调色板的一部分功能也能用于JPEG图像。DPP中能显示曝光、拍摄模式和相机设定等详细拍摄信息，因此用户可以及时掌握该照片是在何种设定下拍摄的。

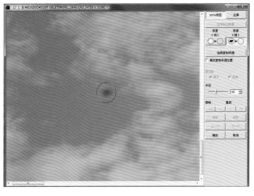

搭载了印章工具，可以去除画面上的脏点

如果获取了除尘资料，DPP可以在一定程度上自动去除脏点，但最好还是再用印章工具手动修复一下。可根据脏点的大小，改变印章的直径。

想要创作真正的作品，还是得选EOS 50D！

兼顾高像素和高感光度画质

	EOS 50D	EOS 40D	EOS 450D
传感器	1510万有效像素的CMOS传感器（22.3×14.9mm）	1010万有效像素的CMOS传感器（22.2×14.8mm）	1220万有效像素的CMOS传感器（22.2×14.8mm）
有效像素	4752×3168	3888×2592	4272×2848
图像处理引擎	DIGIC4	DIGIC Ⅲ	DIGIC Ⅲ
存储介质	CF卡（type Ⅰ、Ⅱ，支持UDMA模式6）	CF卡（type Ⅰ、Ⅱ）	SD/SDHC卡（type Ⅰ、Ⅱ）
图像格式	JPEG、RAW（14bit）	JPEG、RAW（14bit）	JPEG、RAW（14bit）
取景器	视野率约95%，放大倍率约0.95倍	视野率约95%，放大倍率约0.95倍	视野率约95%，放大倍率约0.87倍
自动对焦点	9点（全部为十字型），搭载自动对焦微调功能	9点（全部为十字型）	9点
测光模式	35区TTL全开光圈测光	35区TTL全开光圈测光	35区TTL全开光圈测光
ISO感光度	常用感光度ISO100~3200，扩展感光度ISO6400、ISO12800	常用感光度ISO100~1600，扩展感光度ISO3200	常用感光度ISO100~1600
快门范围	1/8000秒~30秒、B门、闪光同步速度1/250秒	1/8000秒~30秒、B门、闪光同步速度1/250秒	1/4000秒~30秒、B门、闪光同步速度1/200秒
连拍速度	高速：最快约6.3张/秒、低速：最快约3张/秒	高速：最快约6.5张/秒、低速：最快约3张/秒	最快约3.5张/秒
实时显示自动对焦	快速模式、实时模式、实时面部优先模式	快速模式	快速模式、实时模式
液晶显示屏	3.0英寸92万点（7档亮度调整），视野率约100%	3.0英寸23万点（7档亮度调整），视野率约100%	3.0英寸23万点（7档亮度调整），视野率约100%
大小•重量	宽145.5×高107.8×厚73.5mm，约730g（机身）	宽145.5×高107.8×厚73.5mm，约740g（机身）	宽128.8×高97.5×厚61.9mm，约475g（机身）

弥补了EOS 40D上的缺陷，真正的中端机型！

50D的像素数增加了，但自动对焦点的密度没有提高，这可能会让一部分人感到不满。不过尽管像素数增加了，但最高常用感光度度达到了ISO3200，连拍速度也没有下降。打开降噪功能后，连拍张数也不会减少，这也是50D的优势。另外，液晶屏的规格为3.0英寸92万点，实现了高精细化，还搭载了自动对焦微调功能（可针对每个镜头进行调整）。上述改善几乎完全弥补了EOS 40D上的缺陷。50D还有面部优先自动对焦功能，这一点是对40D的一个超越，而且其实际销售价格和

40D发售时几乎一样，让人实在不好再吹毛求疵。

如果对高速连拍性能的要求不是太高，入门机型450D的连拍速度也可以应付一般的拍摄。不过它的最高感光度只有ISO1600，而且启动高ISO感光度降噪功能时，连拍张数会锐减到2张。此外，由于是入门机型，还是有一部分功能被简化了。

从这个意义上来说，购买已经大幅降价的40D还是比较划算的。等倍像素下查看时，分辨率很高，是一款接近入门级相机的中端机型。

Chapter 2
EOS 50D
实践活用技巧

文字／冈嶋和幸、伊达淳一、西村春彦

利用高像素拍出锐利照片

拍出绝佳风景的两个要点为使用三脚架和适合的光圈

得到1510万像素高画质的要点

- 注意防抖，充分利用三脚架和IS功能。
- 在风景摄影中想得到更深的景深时，千万不要将光圈收缩过度。
- 尽量选择锐利的镜头。

拍摄前做好防抖准备

如果是手持拍摄，最好使用搭载了防抖功能的IS镜头。

将相机固定在三脚架上，防止抖动。考虑到风的影响，要使用扎实稳固的三脚架。如果担心机身抖动，那就使用遥控快门线吧。

如果将光圈收缩过紧，会导致小光圈成像发软，有损画面的清晰度，所以要使用适合的光圈

镜头从全开状态收缩一档就能得到稳定的画质。但是缩小到F11后，由于光的衍射，画面的清晰度和对比度都会降低，这就是所谓的小光圈成像发软，因此千万不要因为贪心而过分缩小光圈。

光圈F4

光圈F5.6

光圈F8

光圈F11

光圈F16

光圈F22

光圈在F5.6、F8左右时画质最稳定，从F11开始画面有变模糊的趋向，到F16时画面模糊更加明显，F22时叶片边缘完全虚化。

EF 24mm F1.4L II USM

如果想得到锐利的图像，就要使用解像性能优良的镜头

EF 24mm F1.4 L II USM装有2片玻璃倒模非球面镜片，带来了高画质，拍摄出的画面分辨率高，清晰锐利。请参考从P91页开始的镜头选择指南，为50D选择合适的镜头。

如要拍出清晰图像，
切勿将光圈收缩过度

将相机安放在三脚架上，消除抖动。为了强调瀑布的流动感，放慢了快门速度，此时的大忌就是将光圈收缩得过小。如果一定要收缩光圈，最好使用ND滤镜。

Canon EOS 50D / EF-S 10-22mm F3.5-4.5 USM / 光圈优先 F11 EV-0.7 ISO100 白平衡:日光
RAW

如果要将风景表现得清晰锐利，
就一定要使用三脚架

　　1510万像素会让焦点的模糊和相机的抖动进一步放大，为了拍出清晰的图像，一定要防止这两种情况的发生。这并不是说要让大家在拍摄时提高锐度，因为在细致的风景拍摄中，为了提高表面的分辨率而提高锐度会让画面显得很不自然。而在1510万像素的相机上，这一点体现得更加明显，所以较低的锐度反而能得到更有品位的照片。

　　使用带有手抖补偿功能的IS镜头能有效防止手抖，不过还是推荐大家使用三脚架，即使是在白天拍摄。这样不仅能防止抖动，还能对稳定构图和准确对焦有所帮助。另外，使用实时显示能更实现精确的对焦。

　　大家在拍摄时最需警惕的是因光圈收缩过度而带来的画质劣化。如果是APS-C画幅的传感器，被摄体景深较深，使用广角镜头拍摄时，光圈收缩到F5.6~F8就足够了。如果进一步收缩光圈，非但得不到更深的景深，还会因为光线的衍射而使画面的清晰度大打折扣。（冈嶋）

用高速连拍捕捉动态被摄体和体育运动

AF对焦点准确合焦于被摄体是捕捉动态物体的诀窍

用连拍捕捉最佳时机

在驱动模式中不要选择最快约3张/秒的"低速连拍"，而要选择最快约6.3张/秒的"高速连拍"，这样才能捕捉到运动物体最精彩的瞬间。

此位置为最佳快门时机

用高速连拍捕捉动态被摄体的设定

连拍模式
↓
高速

AF模式
↓
人工智能伺服
AF

9点AF
↓
任意一点

用最快约6.3张/秒的高速连拍捕捉动态被摄体时，人工智能伺服AF、任意一点自动对焦点的设置是最佳组合。

如果使用支持UDMA的CF卡，可以连续拍摄90张（JPEG·Fine）

使用支持UDMA的CF卡，可连续拍摄的JPEG（Large·Fine）格式照片约达90张，用普通的CF卡可拍摄65张左右。如果是RAW格式文件，两者都为16张左右，稍稍嫌少。为了能轻松连拍，推荐使用支持UDMA的CF卡。

用高速连拍和人工智能伺服AF捕捉动态被摄体

拍摄动态的被摄体时，推荐使用驱动模式中最快速度约达6.3张/秒的"高速连拍"。不过因为EOS 50D的像素高达1510万，如果想在连拍的同时做其他拍摄，必须使用8GB等大容量的存储卡。

EOS 50D的人工智能伺服AF功能的动体追踪能力非常强大，让人安心。用户要熟练掌控这种功能，在人工智能伺服AF时半按快门或按下AF-ON按钮后，即使被摄体的拍摄距离不断变化，相机也能持续追踪对焦。

AF点的选择设定为自动时，如果中央AF点最先捕捉到被摄体，即使拍摄过程中中央AF点偏离了被摄体，也会有其他AF点继续追踪对焦。不过，虽然EOS 50D的9个对焦点全为十字传感器，但支持F2.8的中央AF点精度最高，因此选择中央AF点能更加安心拍摄。（冈嶋）

只有高速连拍才能捕捉到的
美妙的阴影表情

用高速连拍持续拍摄迎面驶来的列车，从中选择了列车前方树木阴影最令人印象深刻的一张，这是在约6.3张秒的高速连拍＋人工智能伺服AF的设置组合下才能得到的美妙瞬间。

Canon EOS 50D／EF 70-200mm F2.8L IS USM／手动曝光 F2.8 1/1000秒 ISO100 白平衡：日光
JPEG

59

利用高感光度和高速快门连拍动态被摄体

即使将高感光度ZR设为『标准』，连拍速度、拍摄张数也不会下降

利用高感光度进行高速连拍的要点

- 在光线昏暗的情况下，积极使用ISO1600左右的高感光度，用高速快门进行高速连拍。

- "高ISO感光度降噪功能"（降噪=NR）保持默认设置的"标准"即可。

用高感光度+高速连拍表现傍晚的节日活动

ISO1600 快门速度1/1000秒高速连拍（6.3张/秒）

即使用高速连拍捕捉到了快门机会，但如果被摄体发生抖动也没有意义，所以提高了ISO感光度，将快门速度提高到被摄体不会产生抖动的程度。与此同时，手抖问题也得到了解决。EOS 50D在高感光度（NR标准）下也能进行高速连拍，是拍摄体育运动和活动场面的有力武器。

在自定义功能"高ISO感光度降噪功能"（C.Fn II -2）中保持默认设置"标准"即可

"高ISO感光度降噪功能"的默认设置为"标准"，一般情况下保持这个设置即可。在超高感光度拍摄时可以将其设定为"强"，但细节描写部分会模糊，且分辨率不够高。另外"高ISO感光度降噪功能"设为"强"时，连拍的张数会减少。

用高感光度+高速连拍
捕捉精彩的瞬间画面

EOS 50D在高感光度下画质依然卓越，可以随心所欲地使用高达ISO1600的高感光度，不用像以前那样——能使用低感光度就尽量使用低感光度。此外，游刃有余的快门速度也有利于捕捉瞬间画面。

Canon EOS 50D / EF-S 10-22mm F3.5-4.5 USM / 光圈优先 F4(1/1250秒) EV+0.7 ISO1600 白平衡:自动 JPEG

高感光度拍摄时降噪功能
保持默认设置"标准"即可

　　拍摄动态物体时，被摄体的景深固然重要，但首要考虑的还是维持一个被摄体不会产生抖动的快门速度。以往为了得到更好的画质，在使用高感光度上比较保守。不过EOS 50D的高感光度画质也很优秀，可以放心使用高感光度，从而将更多精力放在拍摄上。在EOS 50D上，ISO1600下拍摄的画质完全可以

使用。在亮度较低的场景中，可以选择被摄体不会产生抖动的较高快门速度。

　　EOS 50D自定义功能中"高ISO感光度降噪功能"的默认设置为"标准"，在ISO3200以上的超高感光度摄影中，有的花纹细节不能完全再现，分辨率降低。但一般情况下，保持初始设定即可。

　　以前的机型只要打开"高ISO感光

度降噪功能"，连拍的张数和速度都会受到影响，但EOS 50D还能保证6.3张/秒的高速连拍，因此没有必要关闭降噪功能。此外，只要不将降噪功能设置为"强"，连拍的张数也不会减少，所以在体育运动等动态摄影中请积极利用高感光度+高速连拍功能尽情享受摄影的乐趣吧。（冈嶋）

使用低感光度、高感光度和超高感光度的标准

拍摄运动题材时最高可用ISO3200，风景拍摄则应尽量使用低感光度

- 使用三脚架的风景摄影应尽量用低感光度。
- 体育运动等动态摄影和扫街使用ISO800~1600区间的高感光度。
- 如果高速快门至关重要，可将感光度提高到ISO3200左右。

降噪设置为"标准"时，可以随心所欲地使用ISO1600~3200

ISO12800	ISO3200	ISO1600	ISO800

NR关

NR标准

NR强

降噪设为"关闭"时可使用的感光度为ISO1600，降噪为"标准"时可使用的感光度达ISO3200。扩展感光度ISO6400、ISO12800下的画面噪点明显，如果要将降噪设置为"强"，请选择分辨率不会有太大损失的被摄体。

不要过分拘泥于高感光度画质，充分发挥EOS 50D的实力

EOS 50D在像素上较以往机型有了很大提高，其传感器采用新一代光电二极管构造，减小了微透镜之间的间隙，提高了聚光效率，从而降低了高感光度下的噪点水平。即使将"高ISO感光度降噪功能"设置为"关闭"，ISO1600以上的高感光度画质也只能看到少量的噪点，完全可以使用。

普通的拍摄中完全可以保持降噪功能为"标准"的默认设置，虽然有的花纹分辨率会差一点，但在亮度不足的场景或需要高速快门的拍摄中，还是可以放心使用的。

如果重视图像分辨率，将降噪功能设为"弱"，在超高感光度ISO3200下也能得到高画质，所以请大家根据实际情况灵活选择ISO100~ISO3200之间的感光度。

但是在画质优先的风景摄影中，还是要尽量选择低感光度。

ISO1600

在黄昏、夜晚的拍摄中大显神威的高感光度设定

为了表现现场感，选择了无闪光灯+高感光度的设置组合。手抖和被摄体抖动都得到了控制，手稍微有节奏地摇动一下，画面更具动感。

Canon EOS 50D / EF-S 10-22mm F3.5-4.5 USM / 程序自动 ISO1600 白平衡:自动 JPEG

ISO100

在使用三脚架的风景拍摄中
选择画质更好的低感光度

如果光量充足，还是要选择低感光度以便拍出更好的画质。在光线昏暗的场所拍摄静止的物体也可以通过使用IS镜头和三脚架，维持低感光度设置。要注意因风引起的被摄体抖动。

Canon EOS 50D / EF 24-70mm F2.8L USM / 光圈优先 F11 EV+1.3 ISO1600 白平衡:自动 JPEG

在低感光度下拍摄时产生手抖的可能性较高，所以要将相机固定在三脚架上。

特殊情况下可使用扩展感光度 ISO6400~12800

不追求高画质，只期望能在黑暗场景中记录下画面

先判断所需要的"画质"和画面"明亮度"，再决定用多高的感光度

无论画质有多好，如果因为手抖和被摄体抖动造成拍摄失败就毫无意义了。要根据拍摄场景的明暗度和所需效果，选择合适的ISO感光度。

使用超高感光度的要点

● 要保证细腻的画质还是稳定的快门速度？选择适合的感光度，在两者间找到平衡点。

● 如果画质的好坏无关紧要，那请选择扩展感光度ISO12800吧。

ISO感光度扩展的设定方法

自定义功能中"ISO感光度扩展"的默认设定为"关"，所以要改成"开"，这样就能在已有的ISO100~3200，自动的基础上增加两个选项：相当于ISO6400的"H1"和相当于ISO12800的"H2"。

在自定义功能"ISO感光度扩展"中选择"1:开"

在ISO感光度设定中选择"H1"或"H2"

"H1"相当于ISO6400，"H2"相当于ISO12800

"高ISO感光度降噪功能"（NR）的不同设置对ISO12800时画质的影响

相当于ISO12800

NR强　　　　NR标准　　　　NR关

使用H2时要把NR设置为"强"

使用H1或H2时要将"高ISO感光度降噪功能"的设定更改为"强"。

将感光度提高到ISO12800时，如果维持"高ISO感光度降噪功能"的默认设定"标准"，噪点会非常明显。将设定更改为"强"，噪点得到控制，不过会造成细节损失，在拍摄某些景物时会觉得分辨率不够。

一定要在昏暗场所抓拍时，使用超高感光度

　　将自定义功能"ISO感光度扩展"设置为"开"，即可在感光度设定中选择相当于ISO6400的"H1"和相当于ISO12800的"H2"。这些超高感光度都不是常用感光度，噪点明显，不能苛求其画质——能在昏暗场所记录当时的场景就很不错了。

　　在光线非常昏暗时拍摄请尽量忽视噪点。使用超高感光度ISO6400或ISO12800可以确保高速快门，防止被摄体抖动。

　　在扩展感光度下拍摄时，画面上的暗部丢失细节，阴影部分会出现噪点和条纹状的斑纹。为了改善这一状况，可将"高ISO感光度降噪功能"的默认设置"标准"更改为"强"。需要注意的是，降噪功能设置为"强"后，细节再现能力会减弱，分辨率降低，所以再用常用感光度拍摄时一定不要忘了将降噪功能改回"标准"。（冈嶋）

相当于ISO12800（H2）

虽然画质不高，但表现出了夜间祭典的『现场感』

黑色阴影部分的噪点突出，画面粗糙，有条纹状斑纹。但由于未用闪光灯，真实再现了当时的光感，现场感较好。

Canon EOS 50D / EF-S 10-22mm F3.5-4.5 USM / 光圈优先 F3.5 白平衡：自动 JPEG

ISO3200

街灯下的人像拍摄可以使用ISO3200

虽然是在夜间拍摄，但街灯附近还是挺明亮的，所以用常用感光度ISO3200即可应对。如果被摄体正在移动，可以选择扩展感光度来防止被摄体抖动。

Canon EOS 50D / EF-S 10-22mm F3.5-4.5 USM / 程序模式 EV+1 白平衡：自动 JPEG

模特 / 古贺友三佳（RUFURE）

用实时显示自动对焦模式实现精确对焦

高精度的『实时显示』自动对焦效果绝佳，巧妙利用对焦点拍摄吧

"实时面部优先"、"实时模式"合焦时间较长，最好使用三脚架。如果是手持拍摄，一定要端稳相机

数码单反相机的实时显示自动对焦耗时较长，如果自动对焦时相机抖动就无法合焦，所以要尽量使用三脚架。如果手持拍摄，则一定要端稳相机。

使用实时显示自动对焦模式的要点

- 进行相位差检测AF的"实时面部优先"或"实时模式"比反差检测AF精度更高。

- 焦距长的镜头对焦时间较长，有时还无法合焦，所以应在差不多合焦时按下AF-ON按钮。

实时显示自动对焦共有3个模式

快速模式	中断实时显示、启动一般的反差检测AF后，能回到实时显示。
实时模式	在实时显示的画面上能进行相位差检测AF的模式。
实时面部优先模式	检测出人物面部并自动合焦于人物面部。

实时模式

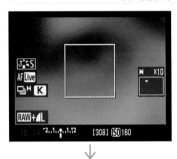

想用Pinpoint对焦时的实时显示功能设置

对AF框内的被摄体用反差检测AF进行合焦时，按下放大按钮，就能以AF框为中心放大5倍到10倍，以便严格地确认是否合焦准确。

面部优先模式

能轻松合焦于人物面部！

检测到画面内人物的脸部后，会以白框圈住人脸。如果画面内有多张人脸，可以用多功能控制钮选择想要合焦的人物面部。按下AF-ON按钮后开始自动对焦，一旦合焦，白框会变成绿色。

想要更精确地对焦时可选择实时模式

用最大光圈为F1.4和F2的大光圈定焦镜头光圈全开拍摄时，背景和前景会得到柔美虚化，从而突出被摄体。拍摄时的难点在于如何准确合焦于被摄体。

普通的相位差检测AF达不到如此高的对焦精度，在EOS 50D的实时显示功能下，会根据传感器上获得的图像合焦，比相位差检测AF花时间，但能实现更精确的合焦。特别是使用"实时模式"时，按下放大按钮，画面

能扩大5倍至10倍，和在等倍像素下确认合焦差不多。在此状态下，按下AF-ON按钮，实时显示自动对焦就会启动。

顺便说一句，在实时面部优先模式下，分不清合焦在左眼还是右眼。如果要将人物拍得很大，可切换到实时模式，自己选择想要合焦的部位。

在实时模式下合焦于左眼

使用三脚架在实时模式下拍摄。在焦点偏离较大时不要使用实时AF，先手动调焦，差不多合焦时再按下AF—ON按钮。在实时取景下进一步精确合焦时，被摄体最好为静止状态。

Canon EOS 50D / Sigma AF 30mm F1.4 EX DG HSM / 光圈优先 F1.4 EV+0.3 ISO320 白平衡 色温3100k JPEG

模特/小林mana美（RUFURE）

Canon
EOS 50D

实时显示
~MF~

EOS50D
Chapter
2

EOS 50D实践活用技巧

实时手动对焦时一定要放大图像以确认是否合焦准确

如果觉得实时自动对焦太慢，可将图像放大10倍后手动调焦

实时手动调焦的要点

- 用多功能控制钮将AF对焦点移动到想要合焦的部分，再按下放大按钮将该部分放大到5倍、10倍后手动调焦。

- 在自动曝光摄影中，会以AF框为中心进行测光。所以在逆光等亮度差较大的拍摄场景中，采用实时显示方式拍摄更有效。

手动调焦的操作部位

多功能控制钮　　　放大按钮

用多功能控制钮移动对焦点，再按下放大按钮进一步准确对焦。实时显示的放大方法和回放画面的放大方法一致，只是不能缩小显示。按下放大按钮后会在5倍→10倍→全部显示→5倍间切换。

按下实时显示按钮 启动实时显示功能

实时显示功能启动

按下实时显示按钮（打印按钮）后，实时显示功能启动。

↓

用多功能控制钮将对焦点移动到想要合焦的部位

使用多功能控制钮，将AF对焦点移动到想要合焦的部位。

↓

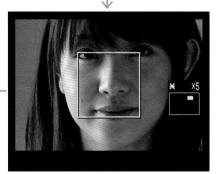

按一下放大按钮，图像放大5倍

按下放大按钮，图像会以AF框为中心放大5倍。不过，在面部优先模式下无法放大。

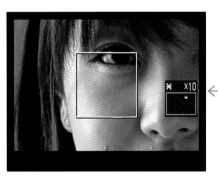

再按一下放大按钮，图像放大10倍

将图像放大10倍后，可以实现等倍像素下的对焦精度。

↓

放大比例后， 可以进行精准合焦

按下AF-ON按钮，自动对焦功能启动。直接在高精细液晶屏上手动对焦很舒适。

利用传感器的优良测光性能，
进行 "实时曝光模拟"

实时显示拍摄时，传感器进行测光。在实时显示功能设置中，将曝光模拟设置为 "启动"，曝光水平会反映在实时显示画面上，可以看着液晶屏调整曝光。

佳能EOS 50D/EF 24-70mm F2.8L USM/手动模式 F5.6 1/10秒 ISO100 白平衡:自动JPEG

掌握实时显示手动调焦，
摄影更轻松

实时显示自动对焦模式中的"实时模式"和"实时面部优先模式"都是通过检测传感器上获得的图像对比度变化来进行合焦的。要慢慢移动镜头，寻找成像对比度最大的点。因此使用长焦镜头和大光圈镜头时，合焦很花时间。说实话，拍摄人像时这种合焦速度令人心焦。

此时，最好的选择是在实时显示下手动对焦。只要切换到实时模式将画面放大5倍至10倍，就能看着放大后的图像准确调焦，绝对比看着取景框调焦的精度要高得多，这便是电子式手动调焦。

所以完整的顺序应该是：在图像全部显示时确定构图，并将对焦点移动到

想要合焦的部位。然后放大图像，用一只眼睛观察放大后的图像进行手动调焦（前后稍微移动身子会更方便），同时用另一只眼睛观察被摄体寻找最佳拍摄时机并适时按下快门。（伊达）

利用『曝光模拟』和『网格线显示』功能拍摄

预览拍摄的亮度，参考网格线进行水平调整后拍摄

使用实时显示功能的要点

- 利用"曝光模拟"可以确认所拍摄的照片亮度，在通过曝光补偿调整画面亮度时使用。

- 将"网格线显示"中的纵横线与风景中的水平线或建筑物的轮廓线对齐。

看着曝光模拟的显示画面，设定曝光以得到最理想的画面明亮度

在"实时显示功能设置"菜单中显示的设定项目

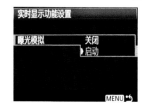

"实时显示功能设置"中有"曝光模拟"、"网格线显示"、"静音拍摄"、"测光定时器"和"自动对焦模式"等诸多设定项目。

光圈优先　EV±0

表现理想的明调

将"实时显示功能设置"的"曝光模拟"设置为"启动"，实时显示图像的明暗度便更接近于实际拍摄的结果。此时进行曝光补偿，调整后的结果能直接反映在显示屏上，可以按照理想中的明暗度进行调整。

光圈优先　EV+1.0

显示网格线后可以进行简单的水平调整

利用网格线确认相机位置是否水平。即使没有水平仪，稳定持拿相机，在构图的同时即能调整画面水平。

"实时显示功能设置"的"网格线显示"

选择"实时显示功能设置"中的"网格线显示"后，屏幕上的图像会显示在网格线之中。有适用于三等分法拍摄的"网格线1"和呈细小方格排列的"网格线2"。

利用实时显示中的曝光模拟，一次即可得到理想的明亮度，无需反复拍摄确认，非常方便。
Canon EOS 50D / EF 24-70mm F2.8L USM / 光圈优先 F2.8 EV+1 ISO400 白平衡:自动 JPEG

无需练习便能得到
理想的画面明亮度

在显示屏中预览画面的明暗度后
再进行拍摄

运气好的时候，一次拍摄便能得到想要的明暗度。不顺利时就要反复试拍，重复"试拍→在回放画面中确认→曝光补偿→再次试拍……"的过程。如果利用"曝光模拟"，就可以一次性决定曝光了。

"曝光模拟"的默认设置是"关闭"，这时实时显示屏上显示的是标准明度，

和所设置的曝光值无关。如果将设置改为"启动"，液晶屏上显示的明暗度便更接近于最终的拍摄结果。这时进行曝光补偿，实时显示画面也会忠实反映。这样就省去了先试拍，再在回放画面上确认亮度的过程，一次便能调整到想要的亮度，非常方便。当然，如果要进

行精确的曝光，还是要先试拍一次，再在回放画面中确认。

选择"实时显示功能设置"中的"网格线显示"，实时显示屏上会出现方格线。即使没有水平仪，也能确认画面中线条的水平和垂直，是辅助构图的一个实用功能。（冈嶋）

使用照片风格设定，选择钟爱的效果

佳能相机可以再现统一的色彩和格调，请放心选择使用

按下相机背面液晶屏下方的照片风格设定按钮，便会出现人像、风光等6种拍摄效果，可按自己的喜好随意选择。

设定照片风格的要点

● 选择自己想要的照片风格。

● 再根据自己的喜好，调整"锐度"和"饱和度"等。

选择照片风格，打造理想效果

照片风格的初始设定为"标准"。在拍摄同一个场景的情况下选择"风光"模式的话，画面颜色会变得更加鲜艳，对比度更强，成像稳重。如果选择"单色"模式，会按照黑白再现的特性进行表现。

标准　　　　风光　　　　单色

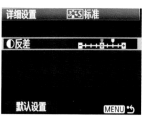

在各照片风格下可以对锐度、反差、饱和度和色调进行微调。

如果想有更多选择，可从佳能的官网上下载照片风格文件

从佳能的网页上下载"照片风格"文件，使用"EOS Utility"导入相机，就可以有新的模式可供选择了。

对"锐度"、"反差"等进行调整，进一步接近理想中的效果

更改锐度、反差、饱和度和色调后，照片的整体感觉也会发生变化。拍摄者可以根据自己的喜好，细致地调整各参数，得到属于自己的独一无二的照片。

如果使用过佳能相机的风格设定，可按以往经验进行选择

拍摄者可按照被摄体种类、摄影题材和个人爱好在"照片风格"中选择合适的风格，这是佳能EOS数码相机统一的功能。

照片风格的默认设置为"标准"，按下相机背面液晶屏下方的照片风格按钮会弹出选择画面，拍摄者可根据摄影题材和风格在"人像"、"风光"、"中性"、"可靠设置"和"单色"中自由选择，操作非常简单。

在各种照片风格下还有"锐度"、"反差"、"饱和度"、"色调"等可以随意设定的项目，拍摄者可以对这些参数进行细微的调整，从而得到理想的效果。

另外，在"用户设定"中可以增加3种风格模式。用户可以根据各种风格设定创造出属于自己的独特风格，并保存在相机上。（西村）

在照片风格中选择『风光』模式，
表现出花朵鲜艳生动的色彩

在侧逆光的照射下，花朵和树叶呈现出透明的质感，熠熠生辉。背景为阴影下的街道，稍微有些暗。为了让沐浴在阳光下的被摄体从背景中凸显出来，选择了『风光』模式，让花朵和树叶的发色更加明亮。

Canon EOS 50D / EF 24-70mm F2.8L / 光圈优先 F4 ISO100 白平衡：自动 照片风格：风光

利用白平衡设置寻求色彩的平衡效果

若要表现光线色彩，选择『日光』模式；若要得到自然的表现，选择『自动』模式

设定白平衡（WB）的要点

- 基本模式为"自动"和"日光"。
- 使用"色温设定"可得到接近黄昏感觉的色彩演绎。
- 巧妙利用更为高级的"坐标轴"调整白平衡。

若要表现光线色彩 就选择"日光"模式

『日光』模式可直接表现光线的颜色。

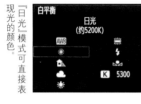

如果将色温降到最小值，照片整体发青。

若要追求适度的色彩平衡 就选择"自动"模式

选择『自动』模式，相机会对光的颜色进行适度校正，并保留一定的现场氛围。

 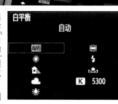

如果将色温提高到最大值，即使是在中午拍摄也能得到和黄昏时一样的橘红色调。

在2500k下拍摄

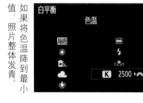

在10000k下拍摄

『自动』和『日光』为推荐使用模式

在一般情况下，白平衡可设定为『自动』或『日光』。『自动』模式下，相机可以对光线进行适度校正，并能表现现场气氛。选择『日光』模式，能突出表现光线色彩（比如说夕阳等）。

用『色温设定』创造早晨和黄昏的光线氛围

如果将『色温设定』的数字设定得较低，照片发色偏青；如果将『色温设定』得较高，则照片发色偏黄红。可以用这个设定代替白平衡设定创造出疑似『黄昏』和『清晨』的景色。

用更高级的白平衡坐标轴进行微调

将洋红设为+5，蓝色设为+3时拍摄下的接近傍晚色调的天空，微妙的色调演绎非常完美。

曝光补偿/AEB   -2..1..⊡..1..:2
白平衡   K 5300
自定义白平衡
白平衡偏移/包围 0.0/±0
色彩空间   sRGB
照片风格   标准
除尘数据

在普通的白平衡设定中可以对从B（蓝）到A（琥珀色）之间的色调进行调整，而纵轴坐标在各个白平衡模式下又加上了从G（绿）到M（洋红）的色彩范围，因此能进行更高级别的白平衡微调。

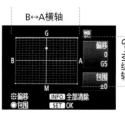

加入从G（绿）到M（洋红）的色彩范围，进行更高级别的微调处理。

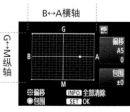

可以对从B（蓝）到A（琥珀色）的色彩范围进行微调。

将色温设定为1000k，
强调车站的怀旧色彩

车站中的照明灯为白炽灯，背景处的照明为屋外的自然光，画面中两种光线相互掺杂。将白平衡中的色温设定为1000k，画面带有浓浓的红色调，演绎出乡愁般的惆怅。
Canon EOS 50D / EF 24-105mm F4L / 光圈优先 F5.6 EV+1 ISO200 白平衡:色温设定（1000k） JPEG

使用白平衡控制光线色彩

　　所谓的白平衡，是指为了能如实还原被摄体的白色而对色彩进行修正的功能。它有很多模式，比如说"日光"、"阴天"、"白炽灯"等，可以让白纸在任何光线条件下都呈现为白色。

　　不过，单纯地将白色的东西拍成白色就无法体现现场的氛围和时间感了，所以对光线色彩的纠正过度对照片拍摄来说未必是好事。

　　想要如实地表现"光线色彩"，推荐大家使用"日光"模式。它能再现现场氛围，和用日光型胶片拍摄的感觉一样。如果既想进行适度的白平衡纠正又想保留现场气氛，推荐使用"自动"模式。

　　如果想将白平衡当作色彩滤镜使用，"色温设定"是个非常方便的功能。特别是将色温设定为1000k时，能成功地营造出怀旧氛围。（西村）

充分利用『直方图』和『高光警告』功能

如何避免出现高光溢出？如何设置曝光来制造高光溢出效果？

在容易出现高光溢出及要营造高光溢出效果的时候这些显示很有用

过白和过黑并不都是坏事，不过为了避免想要清楚表现的部分出现这两种情况，就要充分利用直方图和高光警告了。

- 想确认过曝或欠曝的量时，请显示直方图。
- 想确认过白（高光溢出）的部位和程度时，请显示"高光警告"。

直方图　回放时按下"INFO"键即可显示

"直方图显示"显示色彩的亮度分布，还有"RGB"显示

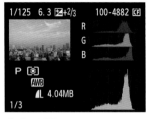

直方图显示

亮度显示可以确认曝光倾向和画面整体的灰阶，还可以选择能显示色彩饱和度和灰阶的"RGB"。

拍摄信息显示

在照片回放时的信息显示中除了拍摄信息外，还有效果图和直方图显示。

高光警告　过白部分会有"白／黑"闪烁，这就是高光警告

所谓"高光警告"，就是在过白的高亮部分不断闪烁的功能（有时会让人感觉很碍眼）。如果不希望这部分过白，可进行负补偿。

高光警告显示

将"高光警告"设置为"启动"的话，照片回放时，过白部分会出现闪烁显示。

判断曝光可参考直方图分布

判断曝光的标准即为直方图，直方图的"山峰"如果偏左则图像过暗，如果偏右则图像过亮。不过直方图显示不仅受画面明暗度影响，还受色彩的饱和度左右，所以完全凭直方图来判断曝光，偶尔也会失败，我们只能将其作为参考。

很多人以为高光部过白、暗部过黑很不好，其实不是这样的。在逆光等亮度差很大的条件下，过白和过黑

是不可避免的。此时如果不加区别地去除过白和过黑部分，会产生曝光不足和曝光过度的照片。

不过想要充分展现细节的部分一定要在直方图上确认"山峰"有没有过于偏左或偏右，因为过白和过黑在RAW显影或后期加工中是无法纠正的。将"高光警告"设定为"启动"后，图像有没有过白的部分，在回放画面中一目了然。（冈嶋）

想要营造『高光溢出』效果时，可参考直方图操作

判断曝光是否恰当要看画面的整体效果。因为过曝和欠曝在后期处理中无法挽救，所以对那些想要表现细节的地方，一定要确认直方图和高光警告。这张照片中背景的高光溢出效果非常漂亮。

Canon EOS 50D / EF 24-70mm F2.8L USM / 光圈优先 F2.8 EV+1 ISO400 白平衡：自动 JPEG

稍加校正后成像更清澈，不过周边光量不足有时也别有一番味道

校正镜头周边光量不足的问题，使画面表现更明澈

使用周边光量校正的要点

- 使用周边光量校正，赶走光量不足。

- 如果是未注册的镜头，请使用软件注册。

周边光量不足十分碍眼时，请将周边光量校正设定为"启动"

校正"关闭"

选择"关闭"时，能表现镜头本身的味道，拍摄时可以故意降低周边光量。

周边部位

校正"启动"

初始设定为"启动"，如果镜头已注册到相机上，则不会出现周边光量不足的情况。

周边部位

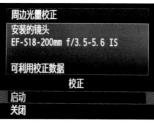

选择相机功能设定中的"周边光量校正"，如果相机装有校正数据，将校正功能设为"启动"（默认设置）。

使用EOS Utility注册镜头数据

使用EOS系列相机附带的软件"EOS Utility"，可将未注册镜头的校正信息注册到相机中。

将相机连接到电脑上，启动EOS Utility，在"拍摄菜单"中选择"周边光量校正"。

在校正数据中选择想要注册的镜头，从右上方的镜头类别中选择。

选择结束后，按"确定"键，这样镜头的校正数据就注册到相机上了。

使用周边光量校正功能，
纠正画面暗角

使用广角镜头拍摄时，如果周边光量不足，蓝天就会变浑浊。使用镜头的周边光量校正功能，就能再现清澈透亮的蓝天。
Canon EOS 50D / EF-S 10-22mm F3.5-4.5 USM / 光圈优先 F11 EV+0.3 ISO200 白平衡:日光 JPEG

自动校正周边光量，
画面亮度更均衡

　　单反相机的交换镜头有很多种，有的镜头暗角明显，特别是变焦镜头。因为焦段范围广，为了缩小体积，镜头的构成和设计比较复杂。用广角端拍摄时，经常出现周边光量不足的现象。

　　以前拍摄时要不就直接拍摄，要不就使用中心ND滤镜来纠正周边光量不足。

而EOS 50D上搭载了纠正周边光量不足的镜头"周边光量校正"功能，使用起来非常方便。

　　此功能的初始设定即为"启动"，只要是已经注册到相机上的镜头，均可拍摄出亮度均衡的画面。如果镜头还没有注册到相机上，可用EOS Utility注册，注册后

即可使用此功能。

　　如果关闭此功能，可以利用周边光量不足来表现镜头特有的味道，所以拍摄时要根据具体场景和镜头来选择是否使用此功能。（西村）

可以自动调整对比度

相机能表现自然的明亮度

在强逆光条件下拍摄
设置为"强"效果更好

在逆光下拍摄人像时，被摄体容易发暗。当被摄体和背景存在明显的亮度差时，将自动亮度优化设定为"强"可以自动解析亮度和对比度，并对被摄体进行适当的亮度校正。

Canon EOS 50D / EF 17-35mm F2.8L USM / 光圈优先 F5.6 ISO200 自动亮度优化:强 白平衡:自动 JPEG

ALO：关闭　　　ALO：标准

右边照片是用初始设定的"标准"模式拍摄的，左边照片是关闭自动亮度优化功能后拍摄的。和上面的照片比较一下就可以知道，改变自动亮度优化设定对被摄体和背景的明暗度、对比度作用明显。

使用自动亮度优化的要点

- 自动校正逆光等过于强烈的明暗反差。

- 想表现强烈的对比度时，可将此功能设置为"关闭"。

设定C.Fn Ⅱ-4自动亮度优化的级别

从菜单中选择自定义功能C.Fn Ⅱ-4即能调出自动亮度优化，此功能有4个级别，分别是"标准"、"弱"、"强"和"关闭"，用户可从中自由选择。

自动调整过于强烈的对比度

　　在逆光等条件下，人物等被摄体和背景的亮度差很大，容易将被摄体拍暗。而EOS 50D搭载了能校正被摄体明暗度和对比度的"自动亮度优化"功能。

　　自动亮度优化功能一共有四个设定级别，分别是"标准"、"弱"、"强"和"关闭"。这个功能既可以用来避免拍摄失败，也可以作为一种表现手法。相机的初始设定为"标准"，逆光条件下能真实表现场景的亮度差。如果想将被摄体拍成剪影效果，可以关闭该功能。

　　此功能可用于下列场合：AE曝光不足、闪光灯光量不足、逆光人物拍摄和低对比度等。大部分场合下维持初始设定"标准"即可。（西村）

用高光色调优先功能表现白色花坛的质感

刺眼的阳光照射在白色的墙壁和花坛上，将"高光色调优先"功能设定为"启动"。为防止画面整体偏暗，再稍作正曝光补偿。照片准确再现了白色墙壁和花坛的灰阶。
Canon EOS 50D / EF-S 10-22mm F3.5-4.5 USM / 光圈优先 F11 EV+0.7 ISO200
白平衡:自动 JPEG

表现明亮质感的要点

想要表现高光部分的美丽色调时，可积极使用该功能

高光色调优先功能:"启动"

局部放大

使用高光色调优先功能的要点

- 在即将高光溢出的情况下想保留明亮部分的色调时使用。

- 使用高光警告显示等确认高光溢出的程度。

高光色调优先功能:"关闭"

关闭高光色调优先功能后，白色的墙壁和花坛都出现了高光溢出现象。和上面照片的局部放大图比较一下，其差别一目了然。

C.Fn Ⅱ-3高光色调优先的设定

从菜单中选择C.Fn Ⅱ-3，调出高光色调优先功能，从中选择"启动"或"关闭"。初始设定为"关闭"，请根据拍摄手法和意图来决定是否更改。

保留即将高光溢出部分的灰阶

受到光的照射方向和被摄体的影响，一张照片由不同明度的各部分组成。其中光线强的部分和发白的被摄体会因为亮度差和曝光差等关系出现高光溢出的情况。

为了抑制这种情况，保留高光部位的灰阶，可将"高光色调优先"功能设定为"启动"，这样就能保留明亮部位的色彩层次。

"高光色调优先"功能的初始设定为"关闭"，拍摄者可根据实际拍摄情况和表现意图更改设定。

不过此功能只在正确曝光的情况下保留高亮部分的灰阶上具有突出效果，如果是因为曝光设定不当和被摄体亮度反差过大造成的高光溢出，它并不能完全校正。此外大家还要注意，这个功能并不是为防止逆光拍摄失败而设置的。

所以说，拍摄时还是要通过确认直方图显示来进行适当曝光。

自动对焦微调功能让对焦更精确

使用大光圈镜头时会出现微妙的脱焦，此时自动对焦微调功能便能大显身手

选择文字等焦点偏离容易察觉的被摄体，用中央AF对焦点对焦。如果是变焦镜头，可选择长焦端、光圈全开设置拍摄，这样景深变浅，更容易确认焦点。重复"试拍→调整"的过程，直到得到最精确的对焦效果。

焦点偏前

将焦点往后调整

合焦于前方的字母"E"

焦点位置正好

不需要调整

合焦于字母"V"

焦点偏后

将焦点往前调整

合焦于后方的字母"U"和"E"

自动对焦微调功能使用要点

● 将相机固定在三脚架上，拍摄"文字"等对焦效果明了的被摄体，根据焦点偏前／偏后的情况进行细微调整。

重复"试拍→在C.Fn Ⅲ-7中调整→试拍"的过程，提高对焦精度

『自动对焦微调』功能可以对相位差检测AF的焦点进行细微调整。可以选择『所有镜头统一调整』或『按镜头调整』。为了准确确认焦点偏向，请将相机固定在三脚架上。

选择"按镜头调整"，其调整结果会被注册

对喜欢用大光圈镜头光圈全开拍摄的用户来说，"自动对焦微调"是一个非常方便的功能，再也不用为偏焦而烦恼了。选择"按镜头调整"，最多可注册20支镜头。

焦点始终无法对准时，可以使用微调功能达到最高对焦精度

由于相机的像素在不断提高，一些使用多年的宝贝镜头的成像也开始显得粗糙起来。在1510万像素的EOS 50D上，焦点模糊和手抖会表现得益发明显，应该想好一个对策。

其实最重要的是仔细确认焦点有没有对焦，手抖有没有被控制。不过有时候相机和镜头就是脾气不合，焦点无论如何都无法对准，这时就要用到"自动对焦微调"功能了。一般情况下不需要调整这个功能，但对那些眼光"苛刻"的用户来说，就得确认所有镜头的焦点位置了。如果合焦位置有偏移，要根据需要进行微调。

相位差检测AF的合焦位置调整可以限制在正负20级以内，每个级别的调整量因所使用镜头的最大光圈值的不同而不同。和是否选择"实时模式"、"实时面部优先模式"没有关系，要注意这点。

经过严格调整的镜头，
即使是全开光圈也可安心拍摄

全开光圈可表现美丽的虚化效果，但如果被摄体的眼睛拍摄得不够锐利，那么照片的魅力就会立刻减半。如果镜头经过严格的调整，就可以安心拍摄了。

Canon EOS 50D / EF 24-70mm F2.8L USM / 光圈优先 F2.8 EV+0.3 ISO400 白平衡：自动 JPEG

快速设定各种功能，轻松拍摄

调出功能一览显示，设定想要变更的参数

速控屏幕

将照片风格设置为"单色"模式拍摄。使用速控屏幕可选择目标项目、变更设定，不用再一一打开菜单。
Canon EOS 50D / EF-S 10-22mm
F3.5-4.5 USM / 光圈优先 F5.6 ISO400
照片风格:单色 JPEG

根据现场氛围选择变更设定

垂直按下多功能控制钮即可调出"速控屏幕"

多功能控制钮除了可向周围8个方向按动外，还能垂直按下，垂直按下后会显示"速控屏幕"。

用多功能控制钮选择想要更改的项目，再用主拨盘进行更改

操作多功能控制钮选择想要更改的项目，再转动主拨盘就能简单迅速地更改设定了。

可设定感光度、曝光模式和照片风格等主要功能

快门速度、光圈值、ISO感光度、拍摄模式、曝光补偿、自动对焦点、照片风格、白平衡、自动对焦模式和驱动模式这些使用频度较高的功能设定均可快速变更。

使用速控屏幕的要点

● 可在显示拍摄功能一览的"速控屏幕"画面上，迅速选择想要更改的项目。

想不起来该功能位于什么位置时，使用速控屏幕吧

　有的拍摄功能的设定可以通过操作主拨盘直接更改，有的拍摄功能的设定需要按下按钮再操作主拨盘更改，还有的拍摄功能的设定必须在显示该功能的菜单下才能更改，相当复杂。

　但是使用"速控屏幕"的话，就可以看着液晶屏仅通过操作多功能控制钮和主拨盘即可迅速更改基本拍摄区域下的驱动模式的部分功能和记录画质，以及创意拍摄区域下使用频率较高的功能设定。

　另外，在速控画面上选择某项功能后，按下SET按钮就能调出该功能的设定画面，所以像照片风格设定这些需要细致调整的功能也可方便设置了。不过"高光色调优先"功能的启动／关闭虽然在"ISO感光度"里显示，但是在速控屏幕中无法更改，只能在菜单中设置。（冈嶋）

创意自动画面

教家人等初学者拍摄时，更容易说明

初学者也可轻松操作的功能

有了"创意自动"模式，就不用费力地去理解曝光等概念，通过简单的操作就能拍出漂亮的照片。让自己的家人也来享受一下摄影的乐趣吧。
Canon EOS 50D / EF 24-70mm F2.8L USM / 创意自动

可以简单地使景深更深

使用模式拨盘选择"创意自动"

在基本拍摄区域，EOS 50D上除了以往的全自动模式之外，还为用户准备了创意自动模式。"CA"是Creative Auto的缩写。

使用多功能控制钮和主拨盘在创意自动画面上进行设定

使用创意自动的要点

● 初学者使用EOS 50D时可快速上手，曝光和光圈等参数可凭直觉设定。

初学者也可充分享受数码单反带来的拍摄乐趣

将相机借给家人或朋友等不太会使用数码单反的人时，可以向他们推荐使用方便的"创意自动"模式。该模式的初始设定和"全自动"模式一样，但还追加了6种可简单操作的功能，拍摄者可随意更改设定，拍出自己想要的效果。

在创意自动模式中，用户可变更闪光灯模式、驱动模式、照片风格和记录画质中的设定，还可以在"背景：模糊↔清晰"中改变光圈值，在"曝光：更暗↔更亮"中进行曝光补偿。用户可一边看着液晶显示屏上的创意自动画面，一边用多功能控制钮和主拨盘进行设定。即使不懂曝光，也可简单操作。不过切换模式或关闭电源后，除了记录画质以外，所有的设定都会恢复到初始设定。（冈嶋）

创意自动模式的主要项目

照片风格

鲜明的蓝色和绿色

背景：模糊↔清晰

背景:模糊<->清晰

单张/连拍/自拍

低速连续拍摄

曝光：更暗↔更亮
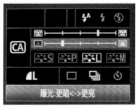
曝光:更暗<->更亮

液晶屏显示创意自动画面时，垂直按多功能控制钮，除了上面列出的画面之外，还能调整"闪光灯闪光"、"记录画质"等6种功能，可以用主拨盘变更各项设定。

用RAW拍摄后，用DPP修正照片

减少噪点、校正镜头像差，提高照片质量

RAW拍摄后用DPP修正

- 照片有噪点时，进行适度的减噪处理。
- 校正镜头像差（周边光量、失真、色像差和色彩模糊）。
- 如果画面有脏点附着，使用"除尘数据"除去脏点。

使用降噪功能（NR）减少噪点

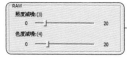

效果

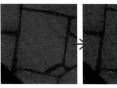

操作"NR／镜头／ALO"中的"照度减噪"和"色度减噪"

此功能可抑制长时间曝光和高感光度摄影时容易发生的照度噪点和色度噪点。用户可以滑动滑块，在0~20间选择减噪级别。需要注意的是，照度减噪会降低照片分辨率，操作时要慎重。

用镜头像差校正功能校正镜头像差

周边光量、失真、色像差、色彩模糊都可得到校正

此功能可以修复由于镜头特性产生的各种误差。除了画面四周光量不足外，还可校正失真、色像差和色彩模糊等。相机中只有周边光量校正功能，但用RAW拍摄的话，都可在后期进行校正。

用印章工具除去脏点

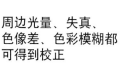

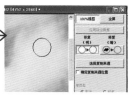

点击"除尘数据"，便可自动除去脏点

拍摄时可将消除脏点和灰尘的信息（除尘数据）添加在图像上。

启动印章工具

从"工具"中选择"启动印章工具"，便能调出印章工具画面。

点击"100%视图"显示

点击"100%视图"显示后，照片便会以原尺寸显示。拖动画面，找出有脏点和灰尘的地方。

指定复制来源后，用"修复（明）"和"修复（暗）"清除脏点

按下"选择复制来源"键，然后点击复制场所，再点击脏点和灰尘，脏点和灰尘便会消除。

修正色像差、清除脏点，
照片更漂亮

使用降噪功能除去细小的噪点，再用"镜头像差校正"功能校正像差、色差和色彩模糊等问题。用印章工具去除脏点和灰尘。
Canon EOS 50D / EF-S 10-22mm F3.5-4.5 USM / 程序模式 ISO100 白平衡:自动 RAW

修片时注意不要修正过度

  在高感光度下拍摄的图像容易出现噪点，而低感光度下拍摄的图像也会因为调整亮度的关系产生粗糙感，这些可以通过降噪处理得到改善。另外，无论是高感光度拍摄还是低感光度拍摄，图像暗部都可能产生色度噪点，可以用"色度减噪"进行处理。不过注意不要过度调整，否则照度减噪处理会引起图像分辨率降低，而色度减噪会造成图像色彩模糊。

  EOS 50D搭载了"周边光量校正"功能，而DPP的"镜头像差校正"功能不仅能校正周边光量，还能校正像差（图像扭曲）、色像差（画面周边部位发生的色彩偏差）和色彩模糊（图像高亮部位的边缘产生的蓝色和红色的晕染），但是能校正的图像仅限于相应镜头拍摄的RAW格式文件。另外，各种功能都伴随着副作用，例如"周边光量"校正会导致画面周边部位产生噪点，"色像差"校正会导致分辨率降低、画面周边部位少许细节丢失，而"色彩模糊"校正会导致饱和度的降低。总之，后期修图要兼顾各方面，以便打造出高质量的图像。(冈嶋)

用RAW格式拍摄再用DPP修正的重点

- 拍摄后，在DPP中选择白平衡和图片样式等，奠定照片基调。
- 调整对比度和饱和度等，完成最终效果。

逐个调整参数，直至达到满意效果

调整颜色、对比度等，打造理想照片

图像加工的流程①

白平衡和图片样式在拍摄后也可以改变，所以如果不满意拍摄时的设定，大可重新选择

因为白平衡调整和照片风格的选择不会对画质产生影响，所以如果不满意拍摄时的设定，可以重新进行选择。与此相对，"亮度调节"会引起画质劣化，所以不要进行大幅度调整，只可小范围微调。

白平衡

图片样式

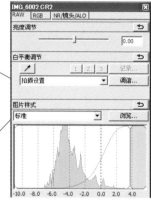

RAW标签

图像加工的流程②

调整RAW标签中的"色调"、"清晰度"等，完成最终效果

虽然照片风格已决定了照片的大致感觉，但调整"反差"、"色调"、"饱和度"和"锐度"等仍可以对照片效果进行微调。因为EOS 50D的像素高达1510万，所以不要过于加强"锐度"，否则图像会很不自然。

例 **将颜色饱和度设置为+2**

"颜色饱和度"即色彩浓度，过于加强色彩浓度会造成色彩过于饱和，请注意该点。

图像加工的流程③

调整RGB标签中的"色调曲线"，改变特定部位的亮度

在RGB图像调整功能中进行调整容易引起画质劣化，所以一定要慎重操作。如果调整"亮度"和"对比度"，整个画面的效果都会发生变化，而调整曲线可以分别对高光部分、中间调部分和暗部进行细微的调整。"色调曲线辅助"功能可以自动调整亮度和颜色，选择"标准"或"强"后，曲线会发生变化。

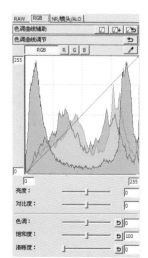

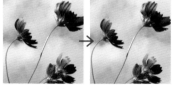

例 **调整曲线**

将曲线调整成S形后，照片对比度会增加。反之，将曲线调整成逆S形后，对比度会减弱。

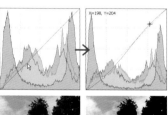

例 **饱和度设置为+30**

提高饱和度可以让色彩显得更加鲜艳。需要注意的是，如果设置得过高，效果会很不自然。

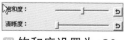

加工后的照片

照片风格为"中性"的原始图片

这是相机拍摄的原始图片，在它的基础上进行加工调整。

改变拍摄时的设定
也不会降低画质

在DPP软件中改变图片的白平衡和照片风格设定，不会降低画质。拍摄后可在电脑上尝试各种设定，然后选择自己最喜欢的效果。
Canon EOS 50D / EF-S 10-22mm F3.5-4.5 USM / 程序自动 ISO100 白平衡:自动 RAW

可调整的项目很多，但要注意不要加工过度

　　DPP的图像处理和DIGIC4中的图像处理具有同等效果，所以可以在后期随意更改白平衡和照片风格设定，而且不会对画质产生影响，这是DPP软件最具魅力的地方。当然，亮度、饱和度等也可以更改，使用曲线即可进行精细调整。

　　以前用RAW格式拍摄后，必须用修图软件进行微调，但DPP具有和修图软件同样的基本功能，所以再也没有必要另外使用修图软件了。此外，DPP软件还可以对图像进行裁剪。

　　不过，不能说RAW显影丝毫不会损害画质，在调整某些项目后，灰阶会有损失，或者噪点会更加明显，要注意这些情况。和修图软件一样，它在挽救失败照片时也是有限度的，如果要进行大幅度的调整，画质难免会降低。

　　另外，过度的调整会让画面显得不自然。加工图像时请仔细比对调整前后的图像，追求最自然的效果。（冈嵨）

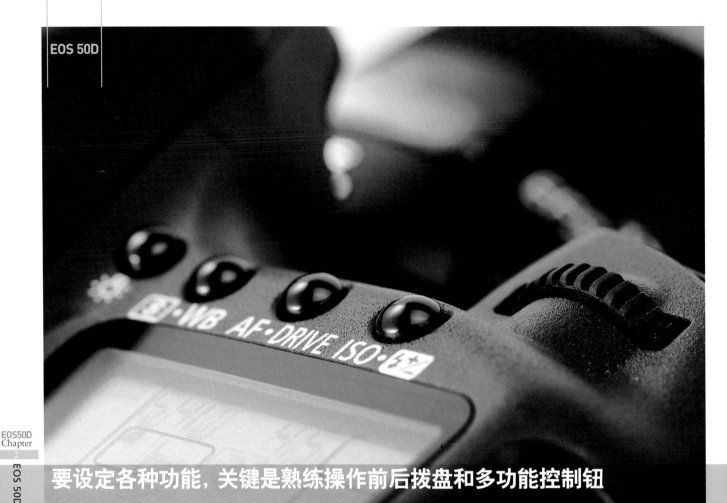

EOS 50D

要设定各种功能，关键是熟练操作前后拨盘和多功能控制钮

在设定"记录画质"时，RAW文件用主拨盘而JPEG文件用速控转盘更改设定。记住各种按钮的功能分配后，就能迅速设定了。

用主拨盘变更ISO感光度设定

设定记录画质时，用主拨盘设定RAW文件，用速控转盘设定JPEG文件

多功能控制钮　速控转盘　主拨盘

在功能设定中使用频率最高的3个操作部位分别是主拨盘、速控转盘（或SET按钮）和多功能控制钮，一定要熟悉这3个部位的操作。

对各个功能进行设定时，要熟知各个按钮的功用

除了高感光度画质、高速连拍等高性能外，EOS 50D还拥有优异的操作性能。作为一款高性能&高操作性的中端数码单反，其可设定的项目多得无法一一记清。

熟练使用各种功能的标准就是在要进行某种设定时能马上找到该项目，并能按照自己想要的效果设置。

在EOS 50D上进行功能设定时最常用的按钮就是主拨盘、速控转盘以及多功能控制钮，如果熟练这三个部位的操作，就能顺利快速地进行设定了。

另外，如果实在记不住设定方法，可在"速控屏幕"中对主要拍摄功能进行设定，这是EOS 50D特有的优势。

Chapter 3
EOS 50D
交换镜头的最佳选择

综述文字／**伊达淳一** 镜头文字／**北村智史**

摄影／**萩原和幸、工藤智道、吉森信哉、伊达淳一**

模特／高井智加（heros-academy所属，P93、P105、P117、P120）、山口未希（herso-academy所属，P98、P108、P113、P117）、古贺友三佳（RUFURE所属，P119）

让EOS 50D大显神威的
标准变焦镜头

以F2.8大光圈标准镜头和防抖高倍率镜头为主

适马AF
18-50mm F2.8EX DC MACRO

佳能EF-S
17-55mm F2.8 IS USM

适马AF 18-125mm F3.5-5.6
DC OS HSM

适马AF 17-70mm
F2.8-4.5 DC MACRO

佳能EF-S
18-200mm F3.5-5.6 IS

佳能EF
17-40mm F4L USM

腾龙AF 18-270mm F3.5-6.3
Di Ⅱ VC LD

图丽AT-X
16-50mm F2.8 PRO DX

腾龙SP AF
17-50mm F2.8 XR Di Ⅱ LD

选择像差和倍率色像差较小且
手动对焦操作性能优良的镜头

　　要想百分之百地发挥出EOS 50D1510万像素的表现力，必须提高对镜头性能的要求。随着像素数的提高，细节表现力得到了提升，但同时镜头像差也变得更加突出。一般来说，从光圈全开收缩2~3档拍摄，能防止画面四周的画质劣化，整体成像锐利、清晰。

　　但是再怎么缩小光圈，"歪曲像差"和"倍率色像差"都不会消除。"歪曲像差"指画面周边部位的直线变歪的现象，"倍率色像差"是指画面周边显眼的轮廓色偏。如果你对画质要求很严格，最好选择这两种像差都较小的镜头。另外，50D虽然搭载了"周边光量校正"功能，但真正能使用这种功能的只是佳能原厂镜头中的一部分，这一点也要考虑在内。

　　手动操作的便利性也是选择镜头的重要考虑要素。有的被摄体用自动对焦很难精确合焦，所以那些在自动对焦模式下还能手动对焦的镜头就更为有利。然而，能实现全时手动对焦操作的镜头数量非常有限。

　　另外，如果你有购买全画幅EOS数码单反相机的准备，就要考虑选择能支持全画幅相机的广角变焦镜头和标准变焦镜头。如果你更注重性价比和便利性，可以在画质和操作性上稍微妥协一下，选择标准变焦镜头。（伊达淳一）

佳能EF-S
17-55mm F2.8 IS USM

镜头结构 / 12组19片
最近对焦距离 / 0.35m
滤镜口径 / 77mm
遮光罩 / 附带花瓣形遮光罩
大小·重量 / 83.5×110.6mm·645g
支持规格 / APS-C画幅

EOS 50D和这支镜头的组合完美地再现了我想要表现的肌肤的嫩滑感和真实的质感。该镜头描写细腻，虚化效果完美，从广角端到中长焦端都适用于人像拍摄。在EOS 50D上装上电池手柄BG-E2N时和这款镜头的匹配度最好。（摄影 / 萩原和幸）
Canon EOS 50D / EF-S 17-55mm F2.8 IS USM（47mm端）/ 光圈优先 F3.2 1/13秒 白平衡:自动 ISO100

F2.8的恒定大光圈和防抖功能使其成为EOS 50D的主力镜头

在4支标准系列的EF-S镜头中，此款镜头的光圈最明亮，为F2.8恒定。由3片非球面镜片和2片UD镜片构成的光学系统让它在光圈全开时便能发挥优异性能。美中不足的是，长焦端的微距拍摄质量不高，有些可惜。除此以外，其锐利的画质不逊于L镜头。镜头稍大、稍沉，价格也较昂贵，但它内置了相当于降低3档快门速度的防抖功能。和EOS 50D的高感光度性能相结合，在夜间或者昏暗的室内也可以手持拍摄，这一优势是其他镜头望尘莫及的。

EOS 50D 交换镜头的最佳选择

虽然近来能进行近距离拍摄的标准变焦镜头增多了，但这款镜头的近距离拍摄能力的领先地位不容撼动。镜头前端可与被摄体近至3厘米（70mm端）。另外，和普通的标准镜头相比，它的长焦端视角和最大光圈更胜一筹。锐利的成像也是其一大亮点！
（摄影／吉森信哉）
Canon EOS 50D /适马AF 17-70mm F2.8-4.5 DC MACRO（70mm端）／ 光圈优先 F5.6 1/250秒
白平衡:阴天 ISO400

兼具微距拍摄性能、画质和变焦3大优势

这是一款为数码相机专门设计的标准变焦镜头，广角端的最大光圈值为F2.8，非常明亮。最近对焦距离短至0.2m，可以靠近被摄体拍摄，这是它的一大特征。最大放大倍率为0.43倍（1∶2.3），微距拍摄性能优良。具有卓越的表现力，成像锐利。滤镜口径为72mm，重455g，在便携性上差强人意。但考虑到其兼具微距拍摄性能、画质和变焦3大优势，还是要积极向大家推荐。

APS-C专用

适马AF
17-70mm F2.8-4.5 DC MACRO

镜头结构／12组15片
最近对焦距离／0.2m
滤镜口径／72mm
遮光罩／附带花瓣形遮光罩
大小·重量／79×82.5mm·455g
支持规格／APS-C画幅

支持全画幅

佳能EF
17-40mm F4L USM

镜头结构／9组12片
最近对焦距离／0.28m
滤镜口径／77mm
遮光罩／附带花瓣形遮光罩
大小·重量／83.5×96.8mm·475g
支持规格／35mm规格全画幅

支持全画幅机型的"L"规格高画质标准变焦镜头

F4L镜头中的广角变焦镜头，安装在EOS 50D上时焦距相当于27.2-64mm。和EF 16-35mm F2.8LⅡ USM相比，长焦端长出5mm。但作为标准变焦镜头，其焦距范围还是稍嫌狭窄。对于考虑要和全画幅相机兼用或将来要购买全画幅相机的用户来说，还是一个很好的选择。其光学系统采用了3片非球面镜片和1片UD镜片，其画质表现具有L镜头独有的锐利感和高对比度。美中不足的是，附带的花瓣形遮光罩直径太大，塞到相机包里鼓鼓囊囊的，不是很方便。

是一款佳能原厂广角变焦镜头，和搭载APS-C画幅传感器的EOS 50D组合后，可以当作27.2-64mm的标准变焦镜头使用。其焦段覆盖了广角端到标准端，非常适合用来抓拍。画质优良，将来升级到全画幅相机后，还能继续使用。（摄影／工藤智道）

Canon EOS 50D ／ EF 17-40mm F4L USM(40mm端)／ 光圈优先 F6.3 1/60秒 白平衡：日光 ISO100

Chapter
3

APS-C专用

**图丽AT-X
16-50mm F2.8 PRO DX**

镜头结构 / 12组15片
最近对焦距离 / 0.3m
滤镜口径 / 77mm
遮光罩 / 附带花瓣形遮光罩
大小·重量 / 84×97.4mm·620g
支持规格 / APS-C画幅

拥有大光圈镜头虚化效果的标准变焦镜头。为了利用现场光,将感光度设置为ISO400,在光圈全开下拍摄。画面丝毫没有噪点,锐利的对焦面加上广角端的虚化表现成就了此幅优质的人像摄影作品。（摄影 / 萩原和幸）
Canon EOS 50D / 图丽 AT-X 16-50mm F2.8 PRO DX （20mm端） / 手动曝光 F2.8 1/30秒 白平衡:自动 ISO400

手动对焦阻尼适中，镜头前端有防水防油镀层，是一支结实的大光圈标准变焦镜头

这款AT-X PRO规格的大光圈标准变焦镜头的结实牢固已经是有口皆碑。大家都知道,这款镜头除了光学系统是和宾得共同开发的以外,其他都是图丽独家研制的。广角端宽达25.6mm,颇具吸引力。镜头前端有防水防油的WR镀层,水滴和指纹等都可轻松去除。爱好户外摄影的人应该会非常喜欢。可实现AF和MF间的轻松切换。自动对焦时,对焦环不能转动,手动对焦时操作顺畅。总的来说,焦距25.6mm的广角端是其一大亮点。

推荐作为EOS 50D的标准变焦镜头使用。最大光圈为F2.8，柔和的虚化效果魅力巨大。价格低廉，在大光圈镜头中算是性价比非常高的一款。上图是一幅手持拍摄的夜景作品，充分利用了高感光度性能+大光圈效果。（摄影／工藤智道）
Canon EOS 50D／腾龙 SP AF 17-50mm F2.8 XR Di II LD（17 mm端）/光圈优先 F3.2 1/6秒 白平衡:日光 ISO800

虽是大光圈镜头，却实现了小型轻量化和高画质

　　这是一款恒定光圈为F2.8的大光圈标准变焦镜头，最大直径74×全长81.7mm，重量仅为434g，其超群的小型轻量化是其魅力之一。和这个级别镜头的平均值相比，其最大直径短了7.7mm，全长短了15.7mm，重量则减轻了142.5g。光学系统采用了3片XR（高折射率）玻璃镜片、2片复合非球面镜片和LD(低色散)镜片，实现了高画质。另外，它的价格也是这个级别镜头中最低的，性价比非常高，很值得购买。

APS-C专用

腾龙SP AF
17-50mm F2.8 XR Di II LD

镜头结构 / 13组16片
最近对焦距离 / 0.27m
滤镜口径 / 67mm
遮光罩 / 附带花瓣形遮光罩
大小·重量 / 74×81.7mm·434g
支持规格 / APS-C画幅

APS-C专用

适马AF
18-50mm F2.8 EX DC
MACRO

镜头结构 / 13组15片
最近对焦距离 / 0.2m
滤镜口径 / 72mm
遮光罩 / 附带花瓣形遮光罩
大小·重量 / 79×85.8mm·450g
支持规格 / APS-C画幅

拥有微距镜头般的微距拍摄能力和F2.8的大光圈

　　此款大光圈标准变焦镜头的最近对焦距离为0.2m，最大放大倍率为0.33倍（1∶3），微距拍摄能力出众。如果不需要太高的放大倍率，完全可以将它作为微距镜头使用。但它的工作距离非常短，没有微距镜头好用。考虑到它一镜两用（大光圈标准变焦镜头和微距镜头）的实用性，这一缺点也可以忍耐了，毕竟携带更方便，也更省。此款镜头比腾龙SP AF 17-50mm稍大、稍重，不过考虑到其出众的微距拍摄能力，也没什么怨言。

适马AF
18-125mm F3.5-5.6
DC OS HSM

镜头结构 / 12组16片
最近对焦距离 / 0.35m
滤镜口径 / 67mm
遮光罩 / 附带花瓣形遮光罩
大小•重量 / 74×88.5mm•490g
支持规格 / APS-C画幅

EOS 50D交换镜头的最佳选择

表现背阴处的浓郁，此款镜头虽为
高倍率变焦镜头，也有表现此种
氛围的能力。外形小巧，装在EOS
50D上，让人随时有拿出去拍摄的
冲动。
Canon EOS 50D / 适马 AF 18-125mm
F3.5-5.6 DC OS HSM（32mm端）/
光圈优先 F4.5 1/15秒 白平衡:自动
ISO100

覆盖200mm长焦端的高倍率变焦镜头，搭载防抖功能，物超所值！

　　是拥有28.8-200mm视角范围的高倍率变焦镜头。虽然被数码专用18-200mm高倍率变焦镜头的光芒所掩盖，人气不是很高，但防抖功能优良，减少了拍摄失败的几率。另外，因为它的防抖功能是内置式的，和腾龙AF 18-200mm XR相比，体积更大、更沉，但在内置防抖功能的镜头中算是最小、最轻的了。价格也相当便宜。如果你的预算不多，又"贪心"地想要购买搭载防抖功能的长焦镜头，此款镜头再合适不过了。

佳能原厂高倍率变焦镜头，焦距范围相当于29-320mm，显著的优点是比镜头厂家生产的高倍率变焦镜头更明亮。因为它不是USM镜头，在有些拍摄场景不太好用，但其焦段使其差不多可以应付大部分拍摄场景，表现力令人赞叹。（摄影／工藤智道）
Canon EOS 50D / EF-S 18-200mm F3.5-5.6 IS（18mm端）／ 光圈优先 F10 1/250秒 白平衡:日光 ISO100

小型轻量，内置防抖功能，价格低廉

　　EF-S系列首款高倍率变焦镜头，实现了小型轻量化并在价格方面有所控制。和腾龙AF 18-200mm XR之类的镜头相比，个头大、体格沉，价格也较昂贵。不过它也有自己显著的优势，比如说内置了相当于降低4档快门速度的防抖功能，长焦端的最大光圈控制在F5.6（在AF性能上更有利）等等。而且这是款原厂镜头，使用起来更加安心。光学系统采用了2片非球面镜和2片UD镜片，分辨率很高，足以让你体会到EOS 50D的高精细画质。此外，厂家还提供了捆绑销售的配件，比单独购买更加便宜。

`APS-C专用`
佳能EF-S
18-200mm F3.5-5.6 IS

镜头结构／12组16片
最近对焦距离／0.45m
滤镜口径／72mm
遮光罩／另售花瓣形遮光罩
大小·重量／78.6×102mm·595g
支持规格／APS-C画幅

`APS-C专用`
腾龙AF
18-270mm F3.5-6.3
Di Ⅱ VC LD

镜头结构／13组18片
最近对焦距离／0.49m
滤镜口径／72mm
遮光罩／附带花瓣形遮光罩
大小·重量／79.6×101mm·550g
支持规格／APS-C画幅

首款实现15倍放大倍率且搭载防抖功能的单反相机用变焦镜头

　　单反相机的交换镜头中首款实现15倍放大倍率的镜头，最大直径79.6mm×全长101mm，重量为550g，实现了小型轻量化。焦距范围广，覆盖了从28.8mm到432mm的超长焦端。它是高倍率变焦镜头的始祖——腾龙独有的镜头。光学系统中没有使用有利于减小体积的XR镜片，而是使用了2片LD镜片和3片复合非球面镜片。内置腾龙特有的防抖功能，抑制了长焦端容易产生的手抖问题，使锐利的成像垂手可得。

让EOS 50D大显神威的
广角变焦镜头

选择支持APS-C画幅的
数码专用广角变焦镜头

佳能EF-S
10-22mm F3.5-4.5 USM

图丽AT-X
10-17mm F3.5-4.5
FISHEYE DX

适马AF 10-20mm F4-5.6
EX DC HSM

腾龙SP AF
11-18mm F4.5-5.6
Di Ⅱ LD

如果想要使用像差校正功能，
就选择佳能EF-S 10-20mm

　　即使以后想购买全画幅相机，广角变焦镜头也一定要选择数码相机专用的镜头。如果将支持全画幅的广角变焦镜头安装在EOS 50D上，只能得到标准变焦镜头的视角。

　　超广角变焦镜头最让人担心的是像差、倍率色像差和周边光量不足的问题。如果想用50D的周边光量校正功能和DPP的镜头像差校正功能（周边光量不足、像差、倍率色像差和色彩模糊），那我们就只能选择佳能原厂镜头了。也就是说，超广角变焦镜头要选择EF-S 10-22mm。

　　如果不太介意像差等问题，就不用拘泥于佳能原厂镜头了。像适马10-20mm镜头的倍率色像差本来就很小，使用SILKYPIX和Adobe Photoshop LighRoom等其他厂家的数码显影软件也能校正歪曲像差和倍率色像差等诸多问题。

　　另外，图丽10-17mm鱼眼镜头虽为数码专用变焦镜头，但只要将焦距调节到15mm以上，用全画幅EOS数码相机拍摄也不会产生缺角现象，也能享受鱼眼拍摄的乐趣。（伊达淳一）

APS-C专用

佳能EF-S
10-20mm F3.5-4.5 USM

镜头结构 / 10组13片
最近对焦距离 / 0.24m
滤镜口径 / 77mm
遮光罩 / 另售花瓣形遮光罩
大小·重量 / 83.5×89.8mm·385g
支持规格 / APS-C画幅

像差小，手动对焦和微距拍摄非常方便

　　这是佳能唯一的一款原厂超广角变焦镜头，其最大特征是焦距范围相当于16-35.2mm，是一个非常适中的范围。遮光罩的直径太大，不利于收纳到相机包里，这是佳能超广角变焦镜头共同的缺点，这款镜头也未能避免。不过歪曲像差能得到很好的校正，优质端正的图像让人心情愉悦。光学系统采用了3片非球面镜片和1片UD镜片，画面四周的画质也很优秀。重量较轻，约为385g。采用了支持全时手动对焦的对焦环USM。最近对焦距离为0.24m，最大放大倍率为0.17倍，微距拍摄能力出众，是一款使用方便的镜头。

佳能原厂镜头中覆盖超广角焦段的只有这支镜头。超广角的动态远近感和优良的操作性能都令人难以割舍，非常适合与EOS 50D搭配使用。还有一个优势，就是周边光亮不足可由EOS 50D自动校正，使拍摄更安心。（摄影／工藤智道）

Canon EOS 50D / EF-S 10-22mm F3.5-4.5 USM（10mm 端）／ 光圈优先 F10 1/50 秒 白平衡：日光 ISO100

令传感器较小的APS-C画幅相机也能展现奇魅失真效果的APS-C专用鱼眼变焦镜头。鱼眼镜头所特有的宽广感和扭曲感让EOS 50D又有了新表现。例作将整个会场都拍入画面，歪曲表现非常有趣。

Canon EOS 50D/图丽AT-X 10-17mm F3.5-4.5 FISHEYE DX（10mm端）/光圈优先 F3.5 1/80秒 白平衡：自动 ISO400

能够改变视角的个性派鱼眼镜头

这是一款能改变视角的鱼眼变焦镜头。它和视角固定的一般鱼眼镜头不同，可以调整焦距裁切掉画面上不需要的景物，这一点是它的傲人之处。有了它，就可以轻松享受鱼眼镜头带来的独特图像表现方式。装在尼康DX格式相机上，其对角线视角为100~180度；装在EOS 50D上后，视角稍微小一点，但鱼眼镜头带来的歪曲效果丝毫不打折扣。最近对焦距离仅为0.14m，镜头可以在被摄体前方2.5cm处拍摄。加入背景，特写花朵和昆虫别有一番风味。

APS-C专用

**图丽AT-X
10-17mm F3.5-4.5
FISHEYE DX**

镜头结构 / 8组10片
最近对焦距离 / 0.14m
遮光罩 / 自带花瓣形遮光罩
大小·重量 / 70×71.1mm·350g
支持规格 / APS-C画幅

APS-C专用

**适马AF
10-20mm F4-5.6
EX DC HSM**

镜头结构 / 10组14片
最近对焦距离 / 0.24m
滤镜口径 / 77mm
遮光罩 / 附带花瓣形遮光罩
大小·重量 / 83.5×81mm·470g
支持规格 / APS-C画幅

奢侈地使用非球面镜片等降低像差，可全时手动对焦

这是一款覆盖了相当于16mm超广角端的数码相机专用超广角变焦镜头。使用了3片非球面镜片和3片SLD（超低色散）镜片，有效减弱了歪曲像差和倍率色像差。最大光圈为F4-5.6，稍嫌黯淡。镜身却较粗，重达470g。不过整个焦段都能得到锐利且像差较小的图像。除了原厂镜头，它是唯一一款搭载了超声波马达（HSM）的镜头。实现了全时手动对焦功能，在AF模式下不用切换就能手动对焦。最近对焦距离为0.24m，微距拍摄能力不错。

腾龙SP AF
11-18mm F4.5-5.6 Di II LD

镜头结构 / 12组15片
最近对焦距离 / 0.25m
滤镜口径 / 77mm
遮光罩 / 附带花瓣形遮光罩
大小·重量 / 83.2×78.6mm·375g
支持规格 / APS-C画幅

如果想要价格低廉的广角变焦镜头，可以将它作为一个选择。其覆盖的焦距范围虽然不敌原厂镜头EF-S 10-22mm，但它有价格优势。和EOS 50D的匹配度不错。（摄影 / 工藤智道）
Canon EOS 50D / 腾龙 SP AF 11-18mm F4.5-5.6 Di II LD（16mm端）/ 光圈优先 F8 3.2秒 白平衡:日光 ISO400

数码专用超广角变焦镜头中最小最轻的镜头，价格也便宜

　　此款镜头在数码相机专用的超广角变焦镜头中算是最小最轻的了，最大直径83.2mm×全长78.6mm，重量仅为375g。画面视角范围相当于17.6-28.8mm，广角端和长焦端都不太够。最大光圈为F4.5-5.6，有些暗，其优势在于携带方便。光学系统采用了3片非球面镜片、1片LD镜片和1片HID（高折射率高色散）镜片。整个焦段都能发挥良好性能。此外，这支镜头在价格上非常有竞争力。

让EOS 50D大显神威的
长焦变焦镜头

由于是长焦镜头，防抖功能更显重要

佳能EF-S
55-250mm F4-5.6 IS

腾龙SP
AF 70-200mm F2.8Di LD

需要高速快门的
大光圈长焦变焦镜头

　　想将远处的景物拍大时就要用到长焦镜头了。越是长焦镜头越需要高速快门，否则容易产生手抖。不过如果镜头有防抖功能，即使快门速度降低3到4档，也不易产生手抖。佳能采用的是镜头内置防抖方式，所以选择长焦变焦镜头时，一定要关注一下它有没有防抖功能。

佳能EF
70-300mm F4-5.6 IS USM

适马AF
APO 150-500mm F5-6.3 DG OS HSM

　　不过防抖功能只能防手抖和机身抖动，无法防止被摄体抖动。为防止被摄体抖动，还是要用较快的快门速度拍摄。此外，还要提高感光度或者使用较明亮的镜头。想要大幅度虚化前景或背景的时候，大光圈的长焦镜头更有利。拍摄体育等被摄体移动迅速的题材时，自动对焦的速度也很关键。仅根据产品配置说明书是无法判断自动对焦速度快不快的，不过一般来说，采用内对焦方式的镜头比采用前对焦方式的镜头对焦更迅速。

适马AF
APO 70-300mm F4-5.6 DG MACRO

适马AF
APO 70-200mm F2.8 Ⅱ
EX DG MACRO HSM

　　本书中列举的长焦变焦镜头多为支持全画幅的镜头，也有EF-S 55-250mm这样的数码专用长焦变焦镜头。和全画幅镜头相比，它的焦距偏短，因此镜身也更紧凑，但佳能原厂镜头18-200mm的登场，多少掩盖了它的光芒。总之，考虑到以后要添置全画幅EOS数码单反，选择全画幅用长焦变焦镜头是不会错的。（伊达淳一）

佳能EF
70-200mm F4L IS USM

支持全画幅

**腾龙SP AF
70-200mm F2.8 Di LD**

镜头结构 / 13组18片
最近对焦距离 / 0.95m
滤镜口径 / 77mm
遮光罩 / 附带花瓣形遮光罩
大小·重量 / 89.5×194.3mm·1150g
支持规格 / 35mm规格全画幅

安装在EOS 50D上可以获得109-310mm
的焦距范围，虚化效果和长焦镜头特有
的压缩效果值得期待。质朴的虚化、柔
和的表现和EOS 50D的精细画质共同作
用，得到了优秀的人像作品。（摄影 /
萩原和幸）
Canon EOS 50D / 腾龙 SP AF 70-200mm
F2.8 Di LD（188mm端）/ 光圈优先
F2.8 1/200秒 白平衡:自动 ISO100

价格超低的大光圈长焦变焦镜头，微距拍摄能力优秀，同级别镜头中最为轻巧

　　F2.8恒定大光圈长焦变焦镜头，价格比较低。虽然没有内置超声波马达和防抖功能，但它的价格不到原厂镜头的三分之一，光这一点就令人垂涎欲滴了。光学系统采用了3片降低色差的LD镜片。镜头的贴合面有镀层，彻底消除有害反射。画质优异，大可放心使用。最近对焦距离为0.95m，最大放大倍率为0.32倍（1：3.1），微距拍摄能力也不错，特写性能逼近微距镜头。另一大亮点是在同级别镜头中最为轻巧，只有1150g（不含三脚架接环）。如果你预算不多又想拥有大光圈长焦变焦镜头，推荐选择这款。

**适马 AF APO
150-500mm F5-6.3 DG
OS HSM**

镜头结构 / 15组21片
最近对焦距离 / 2.2m
滤镜口径 / 86mm
遮光罩 / 附带圆形遮光罩
大小·重量 / 94.7×252mm·1910g
支持规格 / 35mm规格全画幅

Canon EOS 50D / 适马 AF APO 150-500mm F5-6.3 DG OS HSM（370mm端）/ 光圈优先 F6.3 1/800秒 白平衡：日光 ISO400

适马的超长焦变焦镜头。长焦端的等效焦距为800mm。搭载了防抖功能，和高感光度性能优良的EOS 50D组合使用，拍摄领域得到大幅度拓展。（摄影 / 工藤智道）

覆盖800mm的超长焦距，内置防抖功能

　　装在EOS 50D上时，其等效焦距相当于240mm-800mm，是一款超长焦变焦镜头。最大直径94.7mm×全长252mm，重达1910g，携带不是很方便。内置防抖功能，很适合拍摄野生动物等自然景观的题材。光学系统采用了3片SLD镜片，有效消除色差，能得到锐利、对比度高的图像。AF驱动采用了安静高速的HSM（超声波马达）。最近对焦距离为2.2m，最大放大倍率为0.19倍（1：5.2）。可以装配另售的APO1.4倍、2倍增距镜。

**适马 AF APO
70-200mm F2.8 Ⅱ
EX DG MACRO HSM**

镜头结构 / 15组18片
最近对焦距离 / 1.0m
滤镜口径 / 77mm
遮光罩 / 附带花瓣形遮光罩
大小·重量 / 86.5×184.4mm·1370g
支持规格 / 35mm规格全画幅

带你享受长焦微距拍摄的真正乐趣

这款镜头是2006年6月上市的AF APO 70-200mm F2.8 EX DGMARCO HSM的改良版本。前一款镜头的最近对焦距离为1m，最大放大倍率为0.29倍（1：3.5），虽然具有较好的微距拍摄能力，但长焦端的微距拍摄画质差强人意，这一点在新款镜头上得到了很大的改善，让人能享受到真正的长焦微距拍摄的乐趣。光学系统采用了3片ELD镜片和2片SLD镜片。因为使用了较多色差校正效果好的特殊低色散镜片，实现了高画质。另外，AF驱动采用了安静、反响速度快的HSM（超声波马达），可以享受舒适的AF和全时手动对焦。

因为是面向全画幅相机研制的镜头，所以个头大、体重沉，不过美丽的虚化和朦胧的表现是大光圈镜头的特长，实在是令人欣喜。另外，由于画质的提高，光圈全开就可安心拍摄。（摄影／吉森信哉）

Canon EOS 50D ／ 适马 AF APO 70-200mm F2.8 Ⅱ EX DG MARCO HSM（200mm端）／ 光圈优先 F2.8 1/250秒 白平衡:日光 ISO200

107

佳能EF-S
55-250mm F4.5-5.6 IS

镜头结构 / 10组12片
最近对焦距离 / 1.1m
滤镜口径 / 58mm
遮光罩 / 另售圆形遮光罩
大小·重量 / 70×108mm·390g
支持规格 / APS-C画幅

按35mm规格换算，等效焦距为88-400mm，这样就能从稍远的距离外捕捉模特放松的表情。肤色和背景色的再现相当完美，逆光下的头发闪烁着动人的光泽。因为搭载有IS防抖功能，装在 EOS 50D 上可以手持拍摄。（摄影／萩原和幸）
Canon EOS 50D / EF-S 55-250mm F4.5-5.6 IS （225mm端）／光圈优先 F5.6 1/60秒 白平衡：自动 ISO100

搭载防抖功能，可覆盖400mm焦段，是一支小巧的数码相机专用镜头

这是一款数码相机专用的、外形小巧的长焦变焦镜头。虽然只有390g的重量，但长焦端焦距可达400mm。内置了相当于降低4档快门速度的防抖功能，在运动会上或旅途中可放心拍摄。当然，还能自动进行追焦摆拍。光学系统采用了1片UD镜片以校正色像差，画质秀异。实际销售价格也比较合理。

佳能EF
70-300mm F4-5.6 IS USM

镜头结构 / 10组15片
最近对焦距离 / 1.5m
滤镜口径 / 58mm
遮光罩 / 另售圆形遮光罩
大小·重量 / 76.5×142.8mm·630g
支持规格 / APS-C画幅

因为是佳能原厂镜头，又有防抖功能，所以使用起来非常放心。装在EOS 50D上其焦距相当于112-480mm，长焦端相当长。一般来说，焦距越长，抖动发生的可能性越大，不过镜头的IS防抖功能加上EOS 50D的高感光度画质让人能轻松享受超长焦摄影带来的乐趣，画质也无可挑剔。（摄影／工藤智道）

Canon EOS 50D / EF 70-300mm F4-5.6 IS USM（300mm端）/ 光圈优先 F5.6 1/1000秒 白平衡：日光 ISO400

长焦端焦距高达480mm，能自动进行追焦拍摄且搭载了防抖功能

　　等效焦距范围达到112-480mm的超长焦变焦镜头。作为小型长焦变焦镜头，价格稍嫌昂贵，个头大、体格沉，但它内置了相当于降低3档快门速度的防抖功能。除了适用于静止被摄体的"模式1"以外，还搭载了适用于追焦拍摄的"模式2"。和EOS 50D的高感光度性能相组合的话，可以手持拍摄的领域又大大拓宽了。光学系统采用了1片UD，提高了画质。

虽然是体格小巧的长焦变焦镜头，却是高性能的APO规格产品。无论是超长焦拍摄还是如例作中的微距拍摄（200-300mm之间，距被摄体95cm）都能得到优秀锐利的画质。（摄影／吉森信哉）

Canon EOS 50D／适马AF APO 70-300mm F4-5.6 DG MACRO(300mm端)／光圈优先 F16 1/40秒 白平衡 晴天 ISO400

L规格高画质镜头，搭载防抖功能，实现小型轻量化

　　佳能F4L规格长焦变焦镜头，通过将最大光圈控制在F4，实现了大幅度的小型轻量化和低价化。其重量仅为760g，大约是大光圈镜头EF 70-200mm F2.8L IS USM的一半。在风景和自然拍摄中发挥着超强的机动性。光学系统采用了1片萤石镜片和1片UD镜片。拥有L镜头的锐利、高对比度画质。内置相当于降低4档快门速度的防抖功能，以及不畏惧严酷拍摄条件的防尘防滴构造。AF驱动采用了安静快速的USM（超声波马达）。对焦环很宽，可全时手动对焦。

佳能原厂70-200mm镜头有F2.8和F4两种。这款F4镜头镜身纤细，装在EOS 50D上平衡感很好。L规格镜头的表现力相信不用我多说了，全时手动对焦也非常舒适。美丽的虚化和画质将EOS 50D的高精细表现力彻底发挥出来。（摄影／工藤智道）

Canon EOS 50D／EF 70-200mm F4L IS USM （200mm端）／光圈优先 F4.0 1/40秒 白平衡：日光 ISO100

支持全画幅

佳能EF
70-200mm F4L IS USM

- 镜头结构／15组20片
- 最近对焦距离／1.2m
- 滤镜口径／67mm
- 遮光罩／附带圆形遮光罩
- 大小·重量／76×172mm·760g
- 支持规格／35mm规格全画幅

支持全画幅

适马AF APO
70-300mm F4-5.6 DG
MACRO

- 镜头结构／10组14片
- 最近对焦距离／1.5m(微距时0.95m)
- 滤镜口径／58mm
- 遮光罩／附带圆形遮光罩
- 大小·重量／76.6×122mm·550g
- 支持规格／35mm规格全画幅

拥有优秀的微距拍摄能力和超越同级别镜头的高画质

　　这是一款强化了微距拍摄功能的长焦变焦镜头。普通拍摄时的最近对焦距离为1.5m，微距拍摄时为0.95m，最大放大倍率为0.5倍（1：2）。光学系统采用了3片SLD镜片，彻底消除了数码相机容易产生的色像差。实际销售价格也不高，不会对我们的钱包造成重创。另外，还有价格更低的70-300mm DG微距镜头，但是在画质方面还是APO更胜一筹。如果酷爱用长焦端拍摄，强烈推荐这款APO镜头。

让EOS 50D大显神威的
定焦镜头

拥有变焦镜头无法达到的明亮度和微距拍摄性能

适马AF
50mm F1.4 EX DG HSM

佳能EF
50mm F1.8 II

腾龙SP AF
90mm F2.8 Di MACRO

适马AF
24mm F1.8 EX DG

适马AF
30mm F1.4 EX DC HSM

适马AF
10mm F2.8 EX DC FISHEYE

适马AF MACRO
70mm F2.8 EX DG

佳能EF
50mm F1.4 USM

适马AF APO MACRO
150mm F2.8 EX DG HSM

图丽AT-X
35mm F2.8 PRO DX

第一款定焦镜头推荐选择
标准／中长焦微距镜

　　卡片机和数码单反在表现力上存在的最大差异就是虚化效果的强弱。数码单反的传感器较大，拍摄同一画面时其焦距更长，因而能得到较大的背景或前景虚化效果。

　　不过普及型标准变焦镜头的最大光圈并不是很明亮，也得不到效果惊人的虚化表现。可大光圈标准变焦镜头又大又沉，价格也很昂贵，让人在购买前不得不再三犹豫。如果重视最大光圈的明亮度，定焦镜头是一个很好的选择。比如说EF 50mm F1.4 USM和35mm F2、85mm F1.8 USM、适马30mm F1.4这些普及型标准定焦镜头和中长焦定焦镜头都能达到比大光圈变焦镜头明亮一档，而且价格不贵。如果缩小一档光圈，其清澈画质更是普及型变焦镜头望尘莫及的。

　　另外，如果是第一次购买定焦镜头，推荐选择标准/中长焦微距镜头。和变焦镜头的微距功能相比，可进一步接近被摄体拍摄，全开光圈时也和大光圈变焦镜头一样明亮。从光圈全就能得到锐利的成像。数码单反的微距拍摄景深很浅，自动对焦时，因为虚化过大，焦点不稳，可以先用自动对焦，等差不多合焦时再切换到手动对焦，拍摄者可前后微微移动进行精确调整。考虑到这一点，最好选择AF和MF能顺畅切换的镜头。（伊达淳一）

**佳能EF
50mm F1.8 Ⅱ**

镜头结构 / 5组6片
最近对焦距离 / 0.45m
滤镜口径 / 52mm
遮光罩 / 另售圆形遮光罩
大小·重量 / 68.2×41mm·130g
支持规格 / 35mm规格全画幅

50mm的焦距装在EOS 50D上相当于80mm的视角，被广泛应用在人像拍摄中。这款镜头个头小巧，性价比高，再加上清澈柔滑的画质让它比EF 50mm F1.4 USM更深得我心。EOS 50D的高分辨率给作品增添了立体感。（摄影／萩原和幸）
Canon EOS 50D / EF 50mmF1.8 Ⅱ /
手动模式 F2.2 1/320秒 白平衡:自动
ISO100

大光圈F1.8表现卓越，高性价比镜头的代表

　　这款镜头在目前单反相机的交换镜头中价格最低。为了实现低价化，镜身也做得很廉价。光学系统却丝毫未打折扣，为5组6片，并没有通过牺牲画质来降低价格。作为拥有F1.8大光圈的中长焦镜头，其性能不逊于同级别的其他镜头。遗憾的是，不能进行全时手动对焦。不过考虑到它如此低廉的价格，也不忍再过多苛求了。

支持全画幅

适马AF
24mm F1.8 EX DG

镜头结构 / 9组10片
最近对焦距离 / 0.18m
滤镜口径 / 77mm
遮光罩 / 附带花瓣形遮光罩
大小·重量 / 83.6×82.5mm·485g
支持规格 / 35mm规格全画幅

拍摄时既想发挥广角镜头的宽广感，又想获得背景虚化效果以便突出模特。F1.8的光圈值做到了这一点，同时使画面的临场感没有被破坏。这种色调很难拍，50D的阴影表现非常出色。（摄影/萩原和幸）
Canon EOS 50D / 适马 AF 24mm F1.8 EX DG / 光圈优先 F1.8 1/13秒 白平衡：自动 ISO100

视角稳重的F1.8大光圈广角定焦镜头，最近对焦距离只为18cm，价格适中

和佳能原厂镜头EF 24mm F1.4L Ⅱ相比，稍微暗一点，也没有超声波马达，但是它的价格很适中。大小相差不多，重量轻了165g，最近对焦距离仅为18cm，遮光罩几乎能接触被摄体。最大放大倍率为0.37倍（1：2.7），是此款镜头的一个卖点。以35mm规格换算，广角端的等效焦距为38.4mm。对EOS 50D来说，在视角上不占优势，但它的光学系统采用了2片非球面镜片，画质很好。手动对焦也很舒适。

APS-C画幅专用的鱼眼镜头。因为原厂镜头中没有APS-C专用的镜头，这款镜头便充分体现了其存在价值。虽然活用鱼眼镜头的独特表现不是一件容易的事，但是鱼眼镜头制造的强烈视觉效果让人欲罢不能。
Canon EOS 50D / 适马 AF 10mm F2.8 EX DC鱼眼镜头 / 光圈优先 F9 1/16秒 白平衡:日光 ISO100

支持APS-C画幅的对角线鱼眼镜头

　　这是款APS-C画幅数码单反相机专用的对角线鱼眼镜头，因为传感器的缘故，装配在EOS 50D上时，其对角线视角仅为167度，但是鱼眼镜头特有的强烈的透视效果、高度扭曲感及大景深令人震撼。这款镜头采用了最新的光学设计和超级多层镀膜，有效防止眩光和鬼影的产生，实现了清澈锐利的画质。最近对焦距离为0.135m，可以拍摄镜头前1.8cm处的景物。AF驱动采用了安静高速的HSM（超声波马达）。可全时手动对焦，在AF模式下也能手动对焦。

APS-C专用

适马AF
10mm F2.8 EX DC FISHEYE

镜头结构 / 7组12片
最近对焦距离 / 0.135m
滤镜 / 后置
遮光罩 / 自带花瓣形遮光罩
大小·重量 / 75.8×83.1mm·475g
支持规格 / APS-C画幅

支持全画幅

佳能EF
50mm F1.4 USM

镜头构成 / 6组7片
最近对焦距离 / 0.45m
滤镜口径 / 58mm
遮光罩 / 附带圆形遮光罩
大小·重量 / 73.8×50.5mm·290g
支持规格 / 35mm规格全画幅

可以全时手动对焦的大光圈"中长焦"人像镜头

　　过去被人称为镜头基本款的50mm标准镜头，装在EOS 50D上，它便摇身一变为80mm的中长焦镜头。F1.4的明亮度使它成为人像拍摄的常用镜头。虽然AF驱动为微型USM，但由于构造独特，可以全时手动对焦。在AF模式下能手动对焦。使用起来非常方便。但是，在某些条件下，传感器表面的反射光经后镜组再反射，容易产生眩光，使用时要注意这点。

因为此款镜头能得到相当于56mm的视角,不仅可以用作微距拍摄,也可当作标准镜头使用。虽然身段小巧,却很有质感,AF和MF间可以一键切换。表现性能非常稳定。(摄影 / 吉森信哉)
Canon EOS 50D / 图丽 AT-X 35mm F2.8 PRO DX / 光圈优先 F5.6 1/100秒 白平衡:日光 ISO200

APS-C画幅专用唯一标准等倍微距镜头

这是拥有相当于56mm视角的唯一一款APS-C画幅数码单反专用标准微距镜头。和图丽AT-X 16-50mm F2.8 PRO DX一样,它的光学系统是和宾得共同开发的,而镜身为图丽独家研制。不愧为AT-X RRO,非常结实牢固。前后滑动对焦环就能在AF和MF之间自由切换。手动对焦舒适且有适度的扭力。虽然镜头小巧,长仅60.4mm,但光学系统一点也不含糊,为8组9片,表现力卓越。最近对焦距离为0.14m,最大放大倍率为等倍。

APS-C专用

**图丽AT-X
35mm F2.8 PRO DX**

镜头构成 / 8组9片
最近对焦距离 / 0.14m
滤镜口径 / 52mm
遮光罩 / 附带圆形遮光罩
大小·重量 / 73.2×60.4mm·340g
支持规格 / APS-C画幅

支持全画幅

**适马AF
50mm F1.4 EX DG HSM**

镜头结构 / 6组8片
最近对焦距离 / 0.45m
滤镜口径 / 77mm
遮光罩 / 附带花瓣形遮光罩
大小·重量 / 84.5×68.2mm·505g
支持规格 / 35mm规格全画幅

最新大光圈中长焦镜头,奢侈的光学设计带来顶级画质

2008年6月开始发售的50mm镜头。装在EOS 50D上相当于80mm F1.4的中长焦镜头,可用于人像等多种摄影。前组镜头口径为F1.2级别,能最大限度地抑制周边光量不足。镜头构造为6组7片,采用了1片非球面镜片。能有效校正彗星像差,提高画面周边画质。采用由9片光圈叶片组成圆形光圈,能得到美丽的点光源虚化效果。AF驱动搭载了安静高速的HSM(超声波马达)。可以全时手动对焦,AF时无需切换到MF。作为50mm定焦镜头,价格稍显昂贵,个头也大,但还是物有所值的。

表现少女天真无邪、毫不造作的姿态。借助50D的纤细表现力，自然地捕捉到了日落黄昏前的微妙光线。镜头的表现力也不可忽视。（摄影／萩原和幸）

Canon EOS 50D／适马 AF 50mm F1.4 EX DG HSM／手动模式 F2.8 1/320秒 白平衡：自动 ISO100

支持全画幅

**腾龙SP AF
90mm F2.8 Di MACRO**

镜头结构 / 9组10片
最近对焦距离 / 0.29m
滤镜口径 / 55mm
遮光罩 / 附带圆形遮光罩
大小•重量 / 71.5×97mm•405g
支持规格 / 35mm规格全画幅

是胶片时代就颇受好评的产品的数码版本。其锐利的对焦面和朦胧的虚化效果在数码相机上也能分毫不损地得到体现。装在EOS 50D上能得到接近于150mm的长焦视角,非常适合拍摄花朵特写。(摄影 / 吉森信哉)
Canon EOS 50D / 腾龙 SP AF 90mm F2.8 Di MACRO / 光圈优先 F3.5 1/200秒 白平衡:阴天 ISO200

人气款中长焦微距镜头,表现性能和小型轻量化得到一致好评

　　这是人气款腾龙90mm微距镜头的最新版本,拥有优秀的光学系统。为应对数码拍摄,采用新型镀膜,有效地控制了鬼影和眩光的产生。镜身多采用高精度工程塑料来为镜头减重,仅为405g。和佳能EF

100mm F2.8MARCO USM相比,轻了约30g。超群的便携性和机动性令人激赏。前后滑动对焦环就可以在AF和MF间自由切换。AF时对焦环不能转动,MF时能实现顺畅的对焦。

数码相机专用的标准镜头，最近对焦距离为40cm，稍微有点长。最大光圈为F1.4，非常明亮，和50D的高感光度性能相组合，在昏暗的场所也能以自然光拍摄。实时取景AF有助于更准确地对焦。（摄影/伊达淳一）
Canon EOS 50D / 适马 AF 30mm F1.4 EX DC HSM / 光圈优先 F1.4 1/80秒 白平衡:自动 ISO1600

APS-C画幅唯一大光圈标准镜头

这是APS-C画幅数码单反专用的唯一一款大光圈标准变焦镜头。镜头构成为7组7片，光学系统采用了2片特殊低色散镜片（ELD镜片、SLD镜片各1片）和1片非球面镜片，能得到数码时代特有的高画质。价格绝对不算便宜，76.6×59mm的体积再加上400g的重量也谈不上小型轻量，但它比大光圈变焦镜头还要明亮两档的F值不容忽视。无论是在夜间还是在室内拍摄都能发挥威力。搭载HSM（超声波马达），可以全时手动对焦。对焦环宽，操作性良好。

APS-C专用

适马AF
30mm F1.4 EX DC HSM

镜头构成 / 7组7片
最近对焦距离 / 0.4m
滤镜口径 / 62mm
遮光罩 / 附带花瓣形遮光罩
大小·重量 / 76.6×59mm·400g
支持规格 / APS-C画幅

支持全画幅

适马 AF MACRO
70mm F2.8 EX DG

镜头结构 / 9组10片
最近对焦距离 / 0.257m
滤镜口径 / 62mm
遮光罩 / 附带花瓣形遮光罩
大小·重量 / 76×95mm·525g
支持规格 / 35mm规格全画幅

平衡感良好的高画质中长焦微距镜头

虽然70mm的焦距让人觉得有点不上不下，但和EOS 50D搭配使用的话，其视角、虚化程度、防抖功能等都恰到好处，出人意料地好用。光学系统采用了3片特殊低色散SLD镜片，有效校正色像差，发挥着高品位的表现性能。周边光量也很充足。价格较高，并不是一款便宜的镜头，也不像搭载了USM（超声波马达）和采用内对焦方式的原厂微距镜头那么方便，但画质清澈锐利，令人赏心悦目。

支持全画幅

适马AF APO MACRO
150mm F2.8 EX DG HSM

| 镜头结构 / 12组16片
| 最近对焦距离 / 0.38m
| 滤镜口径 / 72mm
| 遮光罩 / 附带圆形遮光罩
| 大小·重量 / 79.6×137mm·895g
| 支持规格 / 35mm规格全画幅

微距镜头的好处就是可以靠近模特拍摄。全开光圈，突出模特，合焦位置的瞳孔处非常美丽。在50D清晰的显示屏上对焦非常容易，肤色润泽自然。（摄影／萩原和幸）
Canon EOS 50D / Sigma AF APO MACRO 150mm F2.8EX DG HSM / 手动模式 F2.8 1/400秒 白平衡:自动 ISO100

从无限远到最近距离都能得到锐利画质的明亮长焦微距镜头

通过将焦距控制在150mm，实现了F2.8的明亮光圈和895g的轻快镜身，是一款真正的长焦微距镜头。比起标准长焦微距镜头180mm F3.5，便携性、机动性更佳。因为防抖性能好，手持拍摄更容易。光学系统采用了2片特殊低色散SLD镜片。对焦方式为内对焦，有效控制了由拍摄距离的变化造成的各种像差。从无限远到最近距离都能得到绝佳画质。可以使用适马的APO增距镜，使用1.4倍增距镜相当于336mm F4的效果，使用2倍增距镜相当于480mm F5.6的效果。AF驱动为HSM（超声波马达）规格，能实现安静高速的自动对焦和全时手动对焦。

Chapter 4
EOS 50D
功能提升配件

文字／北村智史

数据传送系统

将存储在CF卡上的拍摄数据经由读卡器传送到电脑上是最基本的方法。如果工作室里可以使用有线或无线LAN，也可以从相机直接将数据传送到电脑里。这样不仅可以在拍摄场所确认大画面，还能在实时取景画面上进行对焦。

原始数据安全套装
OSK-E3
原始数据安全套装
OSC-128M

此系统可以判定图像有没有被修改过，在拍摄证据等需要保证准确性的场合时能发挥作用。OSC-128用于EOS-1D Mark III 等。

无线传输手柄
WFT-E3

将拍摄的图像数据经有线或无线LAN直接传输至电脑的附件。虽然价格昂贵，但棚拍时使用还是很方便的。

Canon
EOS 50D
配件

遥控系统

无线遥控器
LC-5

最远到达距离为100米的无线遥控器，非常适合拍摄远处的动物。

在使用三脚架的拍摄中，遥控器能有效防止抖动。一般来说，有一款简单的遥控器就可以了，如果是带定时功能的遥控器，则更能享受拍摄的乐趣。当然，佳能也为用户准备了真正的远距离拍摄配件。

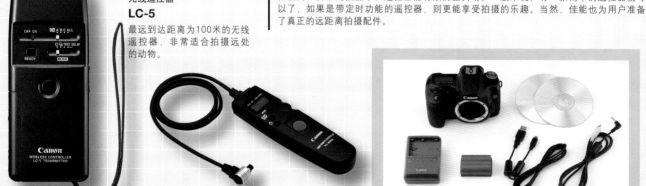

EOS 50D的组件

上图为EOS 50D的全部组件，从左上开始分别为 ●EOS 50D机身 ●EOS数码处理光盘 ●软件使用说明书（CD）●充电器CG-580 ●充电电池BP-511A ●接口连接电缆IFC-200U ●视频电缆VC-100 ●宽背带EW-EOS50D。此外还含机身盖等。

定时遥控器
TC-80N3

具有长时间曝光定时功能和间隔定时功能，非常适合用于对曝光时间要求严格的天文摄影。

遥控开关
RS-80N3

使用三脚架拍摄时能有效减轻抖动，带有B门锁。

电池

自动对焦、反光镜和光圈的工作以及图像处理、读入存储卡等都是靠电力驱动的，所以电池是相机的一个重要部件。虽然相机都附带一块电池，但还是再准备一块备用电池才能让人安心。另外，我们再来看一下能放入两块电池的竖拍手柄。

电池手柄
BG-E2N

可以装入2块BP-511A电池，因此可以拍摄的张数是原来的两倍。安装重量级镜头时还能改善机身与镜头的平衡性。

Chapter
4

电池
BP-511A

虽然一块电池能拍摄640张（CIPA标准）照片，但考虑到天气寒冷等因素，最好还是带上一块备用电池。
（*左边是附带的充电器CG-580）

充电器
CA-PS400

可以装上2块电池，按顺序充电。对使用BG-E2N的用户来说，它比相机附带的标准充电器更方便。

微距双头闪光灯
MT-24EX
微距双头闪光灯有两个可以进行E-TTL测光的灯头，可以分别调整两个灯头的发光量和角度，还可立体照明。

微距环形闪光灯
MR-14EX
环形闪光灯，是用于阻止阴影出现的柔和照明，主要用于学术研究。

小型电池盒
CP-E4
电池夹
CPM-E4
是使用8个AAA型电池的闪光灯580EXⅡ用的外部电源，可以将发光间隔缩短到0.1~1.2秒。在拍摄活动仪式时是摄影师最好的伙伴。

无线引闪器
ST-E2
控制EX系统闪光灯的无线引闪器，可以从相机侧面设定光量比等，还可以支持高速同步闪光。

虽然相机体积不大，但一般都有内置闪光灯。由于高感光度性能和白平衡功能的提高，闪光灯的使用比以前少了。不过在室内和夜间拍摄时，光量充足且功能丰富的外部闪光灯还是必不可少的。在用法上除了外接于相机外，还可以使用支架和遥控线等进行离机拍摄。另外，闪光灯产品阵容强大，除了外接闪光灯之外还有环形闪光灯和双头微距闪光灯等等。

Speedlite
580EX II

闪光指数为58（ISO 100·米）的大光量EX系列顶级闪光灯，有防尘防滴设计，可放心用于野外拍摄。

Speedlite
430EX II

在以往430EX的基础之上，缩短了充电时间，强化了静音和牢固性。此款多功能闪光灯堪称EOS 50D的最佳搭档。最大闪光指数为43（ISO100·米）

Speedlite
SB-E2

可以装在相机侧面的外接闪光灯，灯头的高度可调节，共有3档。

离机热靴连线
OC-E3

离机进行E-TTL II 测光的连接线，可以将闪光灯固定在三脚架上。

Chapter
4

周边器材

有了数码伴侣就不用担心重要的图像丢失或被误删，是野外拍摄的好助手。还可以放入自己的得意之作当作移动相册使用。另外，将拍摄的图像转变成照片的高品质打印机也不可或缺。PIXUS的产品群很丰富，从高端的A3+型到方便的复合型应有尽有。

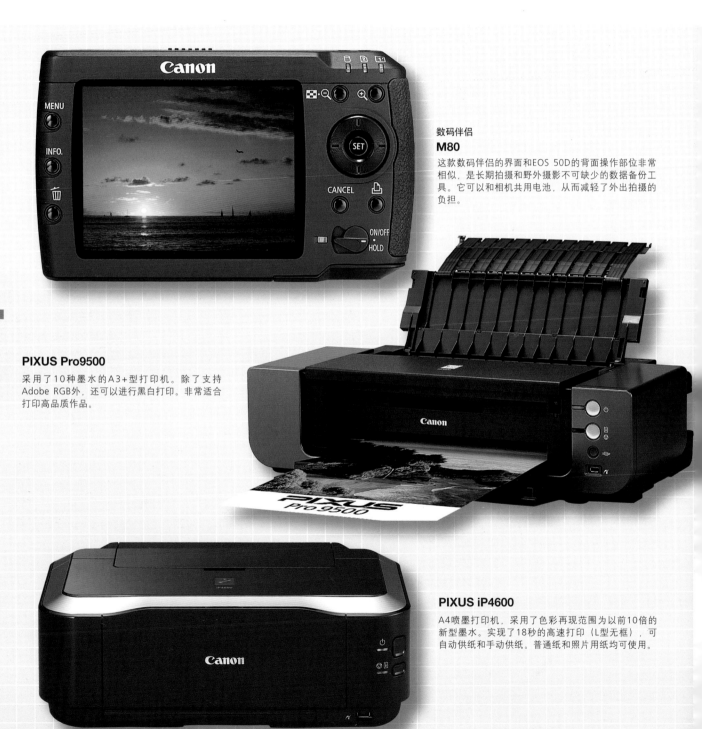

数码伴侣
M80

这款数码伴侣的界面和EOS 50D的背面操作部位非常相似，是长期拍摄和野外摄影不可缺少的数据备份工具。它可以和相机共用电池，从而减轻了外出拍摄的负担。

PIXUS Pro9500

采用了10种墨水的A3+型打印机。除了支持Adobe RGB外，还可以进行黑白打印。非常适合打印高品质作品。

PIXUS iP4600

A4喷墨打印机，采用了色彩再现范围为以前10倍的新型墨水。实现了18秒的高速打印（L型无框），可自动供纸和手动供纸。普通纸和照片用纸均可使用。

取景器及其他

虽然是中端机型，但EOS 50D的对焦屏是可更换式的。在决定构图或进行水平调整时可选择网格对焦屏。在使用大光圈镜头时，可以选择更易确认焦点的超精度磨砂对焦屏。另外，还有肩带、皮套等多种配件可供自由选择。

弯角取景器
C

对低角度拍摄和俯视拍摄很有帮助的弯角取景器。放大到2.5倍后可进行高精度手动对焦。

对焦屏

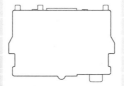
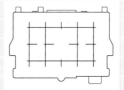
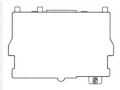

Ef-A   **Ef-D**   **Ef-S**

Ef-A为标准装配的标准精度磨砂对焦屏。Ef-D为网格线精度磨砂对焦屏，在构图时使用很方便。Ef-S为F2.8以上的大光圈镜头使用的超精度磨砂对焦屏。

目镜增距器   **眼罩**   **眼罩橡胶框**
EP-EX15   **Eb**   **Eb**

EP-EX15可以将目镜往后延伸15mm，以防取景时鼻子碰到相机背面。眼罩橡胶框Eb装在屈光度调节镜头上就和眼罩Eb的形态相同。

EOS肩带
PROFESSIONAL
VERSION

素材柔软，护肩较短，使用方便，让人觉得很专业。

腕带
E1

当相机装上电池手柄BG-E2N后，这款腕带可让相机更易持拿。

近摄接环
EF25II
近摄接环
EF2512II

用于机身和镜头间的配件，起到放大作用。焦距越短越能得到较高的倍率，和微距镜头配合使用效果更佳。

EOS皮套
ELC-10

皮制的相机套，还有更大号的ELC-10L，能容纳装着镜头的相机。

Canon EOS 50D Super Book
© GAKKEN 2009
Chinese simplified character translation rights arranged with Gakken Co., Ltd.

律师声明

短信防伪说明

图书在版编目（CIP）数据

佳能 EOS 50D 完全实用手册 / 日本学习研究社编；白兰兰译 .
— 北京：中国青年出版社，2009.11
ISBN 978-7-5006-9013-9

I. 佳 ... II. ①日 ... ②白 ... III. 数字照相机：单镜头反光照相机－摄影
技术－技术手册   IV.TB86-62 J41-62

中国版本图书馆 CIP 数据核字（2009）第 191314 号

佳能EOS 50D完全实用手册

〔日〕学习研究社 编著

出版发行： 中国青年出版社
地　　址： 北京市东四十二条21号
邮政编码： 100708
电　　话： (010) 59521152 / 59521269
传　　真： (010) 59521133
企　　划： 北京中青学研教育科技发展有限公司
责任编辑： 肖　辉　刘冰冰　葭　扬
美术编辑： 穆珊娜
印　　刷： 北京建宏印刷有限公司
开　　本： 889×1194　1/16
印　　张： 8
版　　次： 2009年11月北京第1版
印　　次： 2009年11月第1次印刷
书　　号： ISBN 978-7-5006-9013-9
定　　价： 45.00元

本书如有印装质量等问题, 请与本社联系,
电话: (010) 59521152 / 59521269
读者来信: capa@capacamera.com
如有其他问题请访问我们的网站: www.capacamera.com

"北京北大方正电子有限公司"授权本书使用如下方正字体。
封面用字包括: 方正兰亭黑系列